Elisabeth Escher

# Hannas schlafende Hunde

Roman

EDITION
TANDEM

*Für meine Mutter und meine Großmutter*

Besonderer Dank an Dr. Richard Lechner
für Beratung, Durchsicht und Überblick.

*die wahrheit wäre*
*richtig zu stellen*
*ständig geht sie*
*nach wie vor*

## PROLOG

Nichts ist so, weil es eben so ist. Es ist so, *weil.*
Dennoch:
Verlass dich nie auf die Farbe der Erinnerung. Sie ist wandelbar wie die Tönung der Augen, in denen sich die Jahres- und Tageszeiten genauso spiegeln wie Glück und Unglück: Von aprilgrün über novembergrau bis hin zu nachtblau kann sie schimmern, die Erinnerung, und dick wie eine Taube kann sie sein oder auch dünn wie ein halb verhungerter Spatz. Und sobald du sie auch nur einen Augenblick lang loslässt, fliegt sie davon und kommt erst wieder, wenn du sie köderst: mit Schmetterlingen und Wiesenduft, mit Weihrauch und Kinderliedern, mit Morgentau und Abendrot. Dann kommt sie wieder, als singender Stern oder als sprechender Spiegel.

## ZWISCHEN DEN GLEISEN

Es duftet nach Heckenrosen, nach den zartrosa Blüten der stacheligen Büsche, die den Weg von der Wohnung bis zur Kirche säumen.
Früh am Nachmittag ist es noch, die Maisonne steht hoch über ihnen.
Es vergeht kaum ein Tag, an dem das Mädchen und die Großmutter nicht um diese Zeit den Weg an der Kirche vorbei zu dem nahen Güterbahnhof zurücklegen.
Die Kinderhand liegt wie immer in jener der Alten, der Blick des Mädchens tastet die Unebenheiten des Bodens ab.
Die alte Frau hört dem Kind an ihrer Seite aufmerksam zu. Die Sonne hat ihre weißen Haare zum Leuchten gebracht, die Lippen kräuselt ein Lächeln.
„So viel Löwenzahn! Lauter Sonnen mitten im Gras!", ruft Hanna aus, und ohne die Hand in der ihren loszulassen, bückt sie sich, pflückt eine der Blumen, zupft die Blüte ab und legt sie der Großmutter in die freie Hand. „Ist die nicht schön?"
Die Frau befühlt das pelzigweiche Gelb.
„Ja, wunderschön. Der Mai hat doch die lebendigsten Farben des Jahres. Noch so jung und voller Erwartung, wie deine Augen, Hanna!", sagt sie.

Hannas Blick gleitet unwillkürlich aufwärts zu den Augen der Großmutter, die gar nicht so viel anders aussehen als die Augen sehender Menschen. Nur ein trüber Schleier liegt über ihnen. Doch die Pupillen darunter wandern unbeirrt umher, mitunter vielleicht sogar lebhafter als die sehender Menschen.
Früher, das hat ihr die Großmutter erzählt, vor dem Krieg, als alles anders war, da konnte auch sie ganz scharf, ganz weit sehen, genauso wie Hanna.
Doch seit damals blicken ihre Augen nicht mehr in die Welt hinaus.

Damals: Im Damals versteckt sich das Geheimnis. Dunkel muss es sein, dieses Unaussprechliche, so viel ahnt Hanna, denn undurchsichtig wird der Blick der Mutter und trüber noch werden die blinden Augen der Großmutter, wenn das Kind nach dem Damals fragt.
Was ist mit den Geschwistern der Großmutter geschehen? Vier Brüder habe sie gehabt, hat ihr die Mutter einmal erzählt, aber ... *Aber.* Alles scheint mit diesem *Aber* zu enden. Nichts führt zu jenem Ort, an dem vielleicht auch die Antwort zu finden wäre, warum es damals, als Großmutters Augen so krank wurden, keinen Arzt für sie gab. Fragen über Fragen, auf die niemand dem Mädchen eine Antwort geben will, nicht die Mutter, nicht die Großmutter. Schon gar nicht der Vater. Der scheint mit diesem Damals nichts zu tun zu haben.
Großmutters Augen blicken nach innen, denkt Hanna, sie sehen direkt in den Kopf hinein. Die ganze Welt muss hinter diesen blinden Augen Platz finden!
Hanna hat natürlich immer wieder einmal versucht, wie die Großmutter auch nach innen anstatt nur nach außen zu schauen, aber es ist ihr niemals geglückt.

„*Zwei* offene Fenster sind eben zu viel für *einen* Kopf", hat die Großmutter dann lächelnd erklärt.

Die Schritte der beiden sind langsamer geworden. Hanna genießt den Weg entlang der Gleise. Züge sind voller Rätsel, allein die heißen Schienen zu befühlen, das Heranrollen eines Zuges erst zu erahnen und ihm dann nachzusehen, bis er immer kleiner wird und sich im Horizont verliert, ist ein Abenteuer.
Hanna ist auch längst daran gewöhnt, dass sich der Handdruck der Großmutter ein jedes Mal verstärkt, sobald sich ein Zug nähert, dass ihr Atem zu flattern beginnt und sich erst wieder glättet, wenn sie gefragt hat: „Sieht man hinein?", und das Mädchen geantwortet hat: „Ja, der Zug hat Fenster, man kann die Leute sehen."

„Wirf die Löwenzahnstängel nicht weg! Damit kannst du zaubern, du brauchst sie nur ins Wasser zu werfen", sagt die Großmutter, als sie wieder im Garten angelangt sind. „Schau, Hanna, ich zeig dir, wie es geht! Nimm den Stängel und zieh immer wieder einen dünnen Streifen davon ein kleines Stück hinunter, so lange, bis ein welker Stern entstanden ist. Ja, genau, und jetzt leg ihn in den Bottich ins Wasser! Was kannst du sehen? Einen *blühenden* Stern?"
„Eine lachende Kröte!", ruft Hanna aus und sammelt schnell noch ein paar Löwenzahnstängel, um weitere Wesen zu erschaffen.
„Und sie sehen alle verschieden aus, stimmt doch, oder?", sagt die Großmutter und das Mädchen beeilt sich, die Wasseroberfläche mit den zerfransten Stängeln zu bedecken.

„Sie können schwimmen und tauchen! Und sie singen unter Wasser! Hörst du?“
„Ja“, bestätigt die Großmutter und summt eine dünne Melodie dazu.
„Komm, wir müssen zurück“, sagt sie dann entschlossen und Hanna weiß, dass die alte Frau müde geworden ist vom Duft der Heckenrosen, den Löwenzahngeschichten, der Nachmittagssonne und dem Zittern der Gleise.

Zu Hause schreibt Hanna in Blockbuchstaben in ihr Tagebuch:

HINTER DEN AUGEN
EIN SEE
VOLLER WÖRTER

*Hanna zieht die Rollos hoch, ihr Blick sucht die Ferne, über dem feinen Nebel, der auf den weiten Wiesen liegt wie ein weicher, weißer Teppich.*
*Der Blick wandert durch die klare Herbstluft hinauf zu den Berggipfeln, von denen der Schnee schon Besitz ergriffen hat.*
*Schon sehr bald wird auch die Welt zwischen Wiesennebel und Bergschnee ihre Farben verlieren.*
*Wie so oft versucht Hanna, sich in ein Gedicht zu flüchten. Sie liebt Gedichte, es sind wunderbare Verstecke, schnell gebaut, Metapher auf Metapher, Traum an Traum, Sehnsuchtsfenster. Sie: Architektin. Sie allein.*
*Diesmal jedoch will ihr die Flucht hinter die Versmauern nicht gelingen: Die Hunde fordern Gehör, getarnt als Kirchenglocken, deren Klang aus der nahen Stadt zu ihr dringt.*
*Ein schwarzer Vogel taucht aus seinem Nebelversteck auf und singt mit den Glocken mit: einen einzigen, langen Ton – rückwärts.*

## SELTSAME VÖGEL

Schwarz geflügelt erscheinen Hanna die Geistlichkeiten, die hohen Herren der Kirche, die an fast jedem Sonntagnachmittag in die Wohnung ihrer Kindheit einfliegen, um sich dort behaglich einzunisten. Fütterung inklusive.

Dass die *alten Freunde* des Vaters das Beste vom Sonntagsaufschnitt serviert bekommen, ist für Hanna und die Brüder schon unerfreulich genug, dass aber das Wohnzimmer für die Dauer des Besuchs strenges Sperrgebiet für die Kinder ist und auch in den anderen Zimmern völlige Ruhe herrschen muss, ist besonders unbehaglich.

Als der Sonntagsgast wieder einmal der Bruder des Vaters höchstpersönlich ist – wie immer in Begleitung seiner beiden Kapläne –, ist Hannas Gegenwart im Wohnzimmer ausnahmsweise erwünscht.

„Die Kleine soll heute bei uns sein", meint der Pfarreronkel gleich zur Begrüßung in einem Anflug sanfter Güte. „Ich kenne meine kleine Nichte ja kaum und außerdem liebt Jesus die Kinder doch ganz besonders."

Hanna ist der Wunsch des Onkels noch unangenehmer als die Aussicht, die nächsten Stunden ruhig im Nebenzimmer zu verbringen, aber an Widerrede ist nicht zu denken.

„Du weißt doch, was Jesus gesagt hat?“, fährt Onkel Josef fort und legt seine Hand weich und feucht auf Hannas Kopf, den sie nicht zu schütteln wagt, obwohl sie diese Hand loswerden will.
„Wann?“, fragt Hanna, denn ihres Erachtens hat Jesus viel gesagt, die Bibel ist schließlich ein dickes Buch geworden, und sie weiß nicht, was der Onkel gerade hören will.
„Hanna, Onkel Josef hat dich etwas gefragt. Du weißt doch, was Jesus gesagt hat!“, mischt sich nun der Vater ein, mit diesem strengen Unterton, den Hanna in seiner Stimme immer nur dann wahrnimmt, wenn es um Religion geht und um alles, was damit irgendwie zu tun hat.
Zusätzlich weht Hanna mit Vaters Worten noch ein Hauch von Ungeduld, nein, schlimmer noch, von Ängstlichkeit entgegen. Und Ängstlichkeit in Vaters Stimme kann Hanna nicht ertragen, seine Ängstlichkeit macht ihr Angst.
Onkel Josef ist doch Vaters Bruder! Was flößt dem Vater nur solche Ehrfurcht dem eigenen Bruder gegenüber ein? Fürchtet er etwa, Onkel Josef könne meinen, er, der Vater, sei schuld daran, wenn Hanna nicht augenblicklich die gewünschte Antwort einfiele?
Hanna will sich selbst und auch den Vater so schnell wie möglich aus dieser beklemmenden Lage befreien, doch fühlt sie sich wie gelähmt und die Stimme will ihr einfach nicht gehorchen.

So muss sich eine Maus in der Falle fühlen, denkt Hanna und hat auch schon den Kellerraum vor Augen, in dem der Vater immer wieder Mausefallen auf den Kompott- und Obstregalen aufstellt und dabei den

Kindern einschärft, mit den Fingern ja nicht in diese Fallen hineinzutappen.
„Was den Mäusen das Genick bricht, bricht Kinderfinger mit einmal Zuschnappen“, hat der Vater schon oft eindringlich gewarnt.

„Lasset die Kinder zu mir kommen, hat Jesus gesagt“, gibt der Onkel nun selbst die Antwort und beeilt sich, am festlich gedeckten Wohnzimmertisch Platz zu nehmen. Ein Zeichen für den Vater und die beiden Kapläne, sich auch zu setzen.
Sodann sprechen die drei Priester und der Vater das Tischgebet – auf Lateinisch, und Hanna ist heilfroh, nicht mitbeten zu müssen, weil sie ja – Gott sei Dank! – noch kein Latein kann.
Dann wird still gegessen. So still, dass Hanna das Kauen des Onkels, das Schmatzen der Kapläne und sogar das Schlucken des Vaters hören kann. Das ist also katholisch essen, denkt sie, wahrscheinlich beten sie still dabei und dürfen daher nicht reden.
Endlich nimmt Onkel Josef die Serviette und wischt sich den Mund ab. Das Mahl ist somit beendet, auch für alle anderen, und die Sprache darf zurückkehren.
„Nun erzähl mir einmal, Hanna, was macht ihr eigentlich immer im Religionsunterricht?“ Der Onkel hat die Befragung wieder aufgenommen.

Erneut spürt Hanna den strengen Blick des Vaters. Ja, was machen sie denn da *immer*? Hanna denkt angestrengt nach.
„Hanna! Gib doch Antwort!“, drängt der Vater.
„Die Kleine ist wohl ein bisschen verstockt“, sagt der Onkel jetzt nicht mehr ganz so gütig, seinem Bruder

zugewandt. „Sie geht doch regelmäßig zur Beichte und zur Kommunion, oder?“

„Natürlich! Wo denkst du hin?“, verteidigt sich der Vater und sein Gesicht zeigt plötzlich diese rötlichen Flecken, die Hanna immer dann feststellt, wenn er sich besonders aufregt.

„Hanna, hast du deine Sprache wieder gefunden?“ Die Stimme des Vaters klingt fast flehentlich.

Hanna nickt nur.

„Du kannst doch das *Vaterunser*?“, fragt nun der Onkel, wahrscheinlich in der Annahme, seine Nichte endlich mit der allerleichtesten Frage aus der Reserve zu locken. „Ich hab dir auch ein Geschenk mitgebracht. Wenn du mir das *Vaterunser* aufsagst, bekommst du es.“

Natürlich kann Hanna das *Vaterunser* in- und auswendig, im Traum und im Schlaf kann sie es aufsagen, in alle Richtungen, von der ersten bis zur letzten und von der letzten bis zur ersten Zeile, aber nun will kein Laut aus ihr heraus.

Dafür machen sich Hannas Beine selbständig, so plötzlich und so schnell, dass die Füße beim Laufen den Boden kaum berühren.

Ja, ihre Beine *fliegen* mit ihr aus dem Wohnzimmer hinaus, an der Küche vorbei und mitten hinein in das Zimmer der Großmutter, wo sie sich auf das Bett wirft und das Gesicht im dicken Daunenpolster vergräbt. Schwarze Raben sieht sie. Nichts als schwarze Raben.

*schmerzblind geworden*
*fällt licht*
*ins nichts*

## BLINDE KUH

Sie fühlt die Beklemmung sofort und sie spürt den kalten Hauch der Angst, als die schwere Haustür hinter ihr ins Schloss fällt und sie, schon halb auf der Kellerstufe stehend, das Fahrrad, fast größer als sie, mit beiden Händen festhält. *Hanna soll ihr Rad am Abend immer im Keller abstellen,* meint der Vater, draußen könne es in der Nacht ja leicht gestohlen werden.
Hannas Knie zittern, der Atem stockt, sie denkt kurz daran, zu schreien, damit sie jemand hören kann im Haus, aber ihre Stimme würde niemals bis hinter die verschlossenen Wohnungstüren dringen, das weiß sie im selben Moment, denn die Mauern des Kriegsbaus sind dick, *nur im Keller unten ist es bombensicher,* sagt der Vater immer.
Sie hat die letzte Stufe erreicht, will nach dem Lichtschalter greifen, doch kann sie mit nur einer Hand das Fahrrad nicht festhalten.
„Komm nur, komm!“
Diese Worte erreichen Hanna vom letzten Kellerabteil her und schon sieht sie auch ein brennendes Streichholz, das ein schwaches Licht auf das Gesicht des Mannes dort wirft.

„Jetzt mach schon, Kleine, hörst du nicht?“, befiehlt der Mann nun und Hanna hat keine Wahl.
Sie erkennt den Nachbarn, den seine Frau immer wieder aus der Wohnung aussperrt, *weil er säuft und dann zum Schwein wird*, wie die Frau ihr Verhalten vor jedem rechtfertigt. *Er soll seinen Rausch woanders ausschlafen, nur nicht bei mir*, hat Hanna die Leitinger schon oft sagen hören.

*Der Leitinger, dieser Nazi, übernachtet heute wieder im Keller*, hat der Vater schon des Öfteren gesagt, und *Die Kleine soll nicht alleine in den Keller gehen*, hat die Großmutter mindestens so oft gemahnt. Nun ist sie mit dem Leitinger allein.
„Was machen kleine Mädchen denn um diese Zeit so alleine? Das ist nicht gut! Passen deine Eltern denn gar nicht auf dich auf? Oder deine Brüder? Deine Großmutter ist dazu wohl nicht in der Lage, die blinde Kuh!“, redet der Mann weiter.
Sein Atem, der nach Bier und Schnaps stinkt, bläst ihr dabei mitten ins Gesicht, sein verzerrtes Grinsen lässt sie erstarren. Sie ist unfähig zu denken, zu schreien, sich zu bewegen; unfähig, auch nur irgendetwas zu sagen.
„Was machen denn kleine Mädchen gerne?“, fragt er weiter und starrt sie an und hält nun ein weiteres Streichholz dicht an ihr Gesicht.
„Kannst du nicht reden?“ Dabei zieht er sie unvermittelt an ihren Zöpfen in die Höhe, so dass die Füße kurz vom Boden abheben und sie aufschreit.
„Na siehst du, du bist ja gar nicht stumm. Also, was machen kleine Mädchen gerne?“
„Spielen“, hört Hanna nun doch ihre eigene Stimme, fremd und wie von fern.

„Spielen! Das ist schön! Dann spielen wir doch einmal ‚Blindekuh'!"
Mit einem stinkenden Tuch verbindet er ihr die Augen. Schon spürt sie seine Hände auf ihrem Körper, sie ziehen und zerren an ihr, dass es schmerzt und Hanna erneut aufschreit.
„Wirst du ruhig sein, sonst stopf ich dir dein kleines Maul, dein Judenmaul", zischt er und Hanna fühlt nur mehr Schwärze, fühlt schwarze Krallen auf ihrem Körper, schwarzen Atem in Ohren und Mund.
Was ist ein Nazi? Hanna weiß es nicht. Und ein Judenmaul?
„Ja, so ist es recht, du kleine Schlampe", hört sie die Stimme des Nachbarn, die in ihr Ohr gekrochen ist.
„Und wenn du auch nur einem einzigen Menschen von unserem Spiel erzählst, dann kannst du was erleben! Dann könnt ihr beide was erleben, du und deine Großmutter! Verstanden? V e r s t a n d e n ?"
Noch einmal zieht er Hanna mit einem Ruck an den Zöpfen hoch, sie erschrickt nicht mehr, zu taub ist ihre Seele, nur der heftige Schmerz lässt sie aufschreien.
„Du hast also verstanden? Gut. Und jetzt zieh dich an und verschwinde!"
Er hat ihr die Augenbinde abgenommen, dennoch kann Hanna fast nichts erkennen, stolpert, fällt.
Er wirft ihr das Gewand vor die Füße und schaltet nun auch das Kellerlicht ein. Das Licht schmerzt wie vorhin die Schwärze.
„Mach schnell, bevor deine Eltern nach Hause kommen. Die sind ja sicher wieder beten in der Kirche!" Er lacht und lacht. Er hat also beobachtet, wie die Eltern weggegangen sind, er weiß auch, dass die Brüder nicht zu Hause sind, nur die Großmutter ist oben.

„Und du legst dich sofort schlafen, verstanden? Deine Eltern sollen schließlich nicht sehen, in welchem Zustand ihr kleines Mädchen ist, oder? Oder?“
Sein Lachen begleitet sie bis in den zweiten Stock.

## FEUER

Es ist einer jener Novembertage, an denen der Nachmittag ausfällt, weil die Abenddämmerung schon kurz nach Mittag die Luft dunkelgrau auswattiert hat.
Hannas Großmutter ruht sich Radio hörend in ihrem Zimmer auf der *Lotterbank* aus, einem Zwischending aus Bett und Couch.
Frau Schepiz, die alte Krähe, wie sie Hanna bei sich nennt, erteilt im Wohnzimmer dem großen Bruder Violinunterricht. Daneben müht sich der andere Bruder mit Schulaufgaben ab und aus der Küche dringt das vertraute monotone Rattern der Nähmaschine.
Hanna hat sich auf ihren Lieblingsplatz ins Badezimmer zurückgezogen: Auf dem unteren Badewannenrand hockt sie, an genau der Stelle, die der Heizstrahler, der direkt darüber befestigt ist, behaglich erwärmt.
*Den Strahler nur während des Badens einschalten*, hat die Mutter schon so oft vergeblich angeordnet und weiters vor dem Gerät gewarnt: *Ein regelrechter Stromfresser sei der Strahler und außerdem würde alles unter ihm so heiß, dass Brandgefahr bestünde.*
Ungeachtet dieser Warnungen genießt Hanna jedoch die Hitze unter dem orangefarbenen Licht, sie mag es, wenn ihr Kopf so heiß wird, dass sie es kaum mehr aushält und sie schließlich etwas abrücken muss, die Wärme aber dennoch auf Arme und Beine ausstrahlt.

Hanna hat, wenn sie sich unter den Strahler begibt, auch meist eines ihrer Lieblingsbücher dabei.
Diesmal befindet sie sich gerade gemeinsam mit dem *hölzernen Bengele* (das sie später als Pinocchio kennen lernen wird) mitten im Bauch des Walfisches, als die schrille Stimme der Schepiz sie aus ihrer Buchstabenwelt reißt.

„Frau Berg, hier brennt was!! Riechen Sie denn nichts?"
Irgendwie klingt diese Stimme für Hanna immer ganz ähnlich wie das Gewinsel, das der Bruder der Geige entlockt. Immer irgendwie zwischen den Tönen, auf- und abgleitend, stets schneidend.
„Hier riecht es nach Rauch!! Merkt denn das hier keiner außer mir?", übertönt die Schepiz schließlich die Nähmaschine und nun hört auch das Rattern auf. Dafür hört Hanna Mutters Stimme:
„Bitte, Frau Schepiz, was meinen Sie?"
„Hier brennt irgendwas!", schreit die Schepiz jetzt lauthals. Durch die geöffnete Küchentür nimmt nun auch die Mutter Brandgeruch wahr. Ihr erster Gedanke ist die Großmutter, die trotz ihrer Blindheit immer wieder Kerzen anzündet: beim Beten, bei Gewittern, in der Weihnachtszeit sowieso, aber auch ganz ohne direkt erkennbaren Anlass, wie etwa beim Radiohören. Aber noch nie ist dabei irgendetwas passiert, die Großmutter ist da sehr geschickt und achtsam.
In Großmutters Zimmer ist auch wirklich nicht einmal die Spur von Rauch. „Bei mir brennt keine Kerze", meint die alte Frau lakonisch und macht keinerlei Anstalten, sich von der Lotterbank zu erheben.
„Die Kleine!", hört nun Hanna wieder die Mutter und jetzt klingt ihre Stimme wirklich besorgt.

Das Mädchen schaltet noch in derselben Sekunde den Strahler aus. Das warme Licht der Brennstäbe erlischt.
„Hanna? Bist du schon wieder da drinnen? Hast du den Strahler eingeschaltet? Sperr auf und komm sofort heraus!“ Nun klopft die Mutter auch noch wie wild an die Badezimmertür.

Hanna öffnet und heiße Luft schlägt der Schepiz und der Mutter entgegen. Heiße Luft, aber kein Feuer.
„Gott sei Dank!“, sagt die Mutter nur.
Dann öffnet sie die Tür zum Stiegenhaus, nur ganz kurz und nur einen ganz schmalen Spalt, dennoch füllt sich der Vorraum sogleich mit schmutzig grauem, in Hals und Augen kratzenden Rauch.
„Es brennt womöglich in einer der Wohnungen unter uns“, mutmaßt die Mutter.
„Oder im Keller“, meint die Großmutter, die nun doch aufgestanden ist.
„Ich würde mich nicht wundern, wenn der Leitinger wieder besoffen seine Feuerspiele im Keller macht. Hoffentlich brennt er ab!“ So etwas hat Hanna die Großmutter noch nie sagen hören.
„Sag doch so was nicht! Schon gar nicht vor der Kleinen!“, weist die Mutter die Großmutter zurecht.
„Verkohlen soll er!“, hört Hanna die Großmutter unbeeindruckt weiterreden.
Hannas Herz klopft bis zum Hals. Nicht etwa wegen des Feuers, davor hat sie nicht wirklich Angst. Sie hat ja schon oft gehört, dass die Feuerwehrmänner in solchen Situationen große Tücher aufspannen, auf die man vom Fenster aus springen kann, ohne sich dabei zu verletzen. Sie würde das sogar gerne einmal ausprobieren.

Nein, ihr Herz ist deshalb am Zerspringen, weil sie, Hanna, in ihrem Innersten denselben Wunsch hegt wie die Großmutter. Der Leitinger kann ihr beim besten Willen nicht Leid tun. Niemals!
Nun darf man doch niemandem, auch nicht dem größten Feind, Böses wünschen, und schon gar nicht den Tod, das heißt, man darf auch den Leitinger nicht hassen, nein, ganz im Gegenteil, lieben soll man seine Feinde sogar, so predigen es Jesus und der Vater.
Und nun wäre ihr und der Großmutter selbst der Tod des Nachbarn nur recht. So ein Gedanke ist doch eine Todsünde.
*Aber*: Wenn doch die Großmutter diese Verwünschung so unmissverständlich ausgesprochen hat, *kann* es keine Todsünde sein. Dann *müssen* im Fall Leitinger andere Gesetze gelten.
Jetzt erst hört Hanna die Sirenen heulen.
Die Brüder haben die Fenster aufgerissen, die in die rauchfreie Richtung zeigen, und die unabgesetzte Tonfolge der Sirenen erinnert Hanna schon wieder an das Geigenspiel des Bruders.
„Wieder die Sirenen“, sagt die Großmutter.
„Damals, als wir im Keller Zuflucht suchten, wollte er uns nie hineinlassen. Weißt du nicht mehr? Du erinnerst dich doch, Katharina?“ Die Großmutter richtet den blinden Blick auf ihre Tochter.
„Du weißt doch noch, wie er uns gedroht hat?“ Die Großmutter lässt nicht locker.
„‚Haut ab‘, hat er uns angeschrien, ‚der Keller ist für andere da, nicht für Dreck! Wenn ihr euch noch einmal hier blicken lasst, fliegt ihr auf. Und dann ...!‘ Dabei hat er gelacht, obwohl die Flieger schon über der Stadt waren, hat er uns lachend weggeschickt.“

Hanna steht wie versteinert da. So war das also damals. Der Leitinger muss dann wohl auch mit der Blindheit der Großmutter etwas zu tun haben. Er ist es dann vielleicht auch, der die Großmutter nicht zum Augenarzt hat gehen lassen. Wenn er ihr den Keller verboten hat, dann sicher auch den Arzt.
Aber warum nur hat er diese Macht über die Großmutter gehabt? Und warum hat er ihr, Hanna, im Keller schon einmal so wehgetan?

Die hysterische Stimme der Schepiz reißt Hanna aus ihren Gedanken:
„Müssen wir springen? Spannen sie uns ein Tuch auf?"
„Aber nein, wir haben den Brand so gut wie gelöscht. Aber schließen sie doch bitte die Fenster!", hört Hanna einen Feuerwehrmann heraufrufen.

Der Rauch ist dünner geworden, die Feuerzungen aus dem Untergrund – ja, die Großmutter hat mit dem Kellerbrand natürlich Recht gehabt – sind beim Blick aus dem Fenster schon gar nicht mehr zu sehen.
Dafür steht alles unter Wasser.
Und nun kommt ein Rettungswagen angerast. Zwei Männer steigen aus.
Vom Wohnzimmerfenster aus sieht Hanna alles ganz genau. Entgegen der Anweisung der Feuerwehrmänner öffnet sie das Fenster einen Spalt, nur so viel, um zu hören, was unten gesprochen wird.
„Da können wir nichts mehr machen. Wohnt seine Frau in diesem Haus?", fragt einer der Männer, der vorhin aus dem Rettungswagen ausgestiegen ist.
„Ja, dort oben, in der Mansarde", antwortet ein Nachbar.
Es dauert nicht sehr lange und es hält ein weiterer

Wagen an, ein elegantes, großes, schwarz glänzendes Auto mit undurchsichtigen Fensterscheiben – so ein vornehmes Auto hat Hanna noch nie in ihrem Leben gesehen. Statt des Kofferraums ist da eine große Schiebetür, die wird geöffnet, und die beiden Männer aus dem Rettungswagen schieben eine Bahre in den Bauch des Autos. Dann schließen sie die Tür.
Wer auf dieser Bahre liegt, weiß Hanna, obwohl sie von dem verbrannten Leitinger absolut nichts hat sehen können: Er war ja von den Füßen bis über den Kopf mit einem weißen Leintuch zugedeckt.

Hanna hält noch immer die Hand der Großmutter, die neben ihr am Fenster steht.
„Das war's dann wohl", sagt die alte Frau und Hanna entdeckt in den blinden Augen ein fast unheimliches, noch nie gesehenes Leuchten.
„Die Gerechtigkeit, Hanna, weißt du? So schmeckt ein Bissen Gerechtigkeit."
Dann geht die Großmutter in ihr Zimmer zurück. Dort sucht sie im Radio nach einem Sender mit feierlicher Musik und zündet eine Kerze an.

*stern*
*splitter gerahmt*
*der himmel*
*macht augen*
*nur groß*
*sonst nichts*

## DIE ABHOLUNG

Das schwache Scheinwerferlicht und das gedämpfte Motorengeräusch reichten schon aus, um Juliane von einem Augenblick auf den anderen aus dem ohnedies nur seichten Schlaf in einen hellwachen Zustand zu befördern. Mehr noch: in allerhöchste Alarmbereitschaft.
Es musste schon längst Mitternacht vorbei sein, die Stadt lag wegen möglicher Bombenangriffe wie in jeder mondlosen Nacht in tiefschwarzer Dunkelheit.
Und es war außer dem Brummen des Motors auch totenstill draußen, galt doch ausnahmslose Ausgangssperre. Lärm und Licht konnten demnach nichts Belangloses oder Zufälliges sein.
Das Auto, das da gerade direkt unter dem Fenster angehalten hatte, direkt unter dem Fenster der kleinen Wohnung im zweiten Stock, die Juliane gemeinsam mit den Töchtern und dem Ehemann bewohnte, *musste* Gefahr bedeuten.

Irgendwann, ja, irgendwann würden auch sie abgeholt werden. Sie, Juliane, mitsamt den Töchtern Lisbeth und Katharina. Diese dunkle Ahnung, die schon fast an Gewissheit grenzte, verfolgte Juliane Tag und Nacht.

Irgendjemand würde Bescheid wissen. Irgendjemand würde Bescheid geben. Irgendjemand würde sie irgendwann verraten. Vielleicht war es schon passiert. Vielleicht war über diesen Wilhelm, diesen unberechenbaren Parteigänger, dem die lebenshungrige Lisbeth so hoffnungslos verfallen war, etwas hinausgedrungen. Im Streit. Im Rausch. Im Hoch- und Übermut. Wer weiß.

Juliane schlich ans Fenster, schob den Vorhang zur Seite, nur so viel, dass sie die Szene unten erkennen konnte.
Die Schiebetür des Lieferwagens öffnete sich und zwei Uniformierte sprangen fast gleichzeitig aus dem Wagen. Juliane dachte, ihr Herz würde auf der Stelle erstarren und einfach nicht mehr weiterschlagen.
Dann sah sie die beiden Männer im Gleichschritt zur Haustür eilen. Nicht zu jener, die in ihr Haus führte, sondern zu der auf der gegenüber liegenden Straßenseite.
Julianes Herzschlag setzte wieder ein, wie Gewehrschüsse schlugen die harten Herzschläge in ihrem Kopf ein, so laut, dass sie meinte, Katharina, die auf der schmalen Bettbank neben dem leeren Ehebett schlief, müsse davon unbedingt aufwachen, wenn sie schon die verräterischen Geräusche draußen nicht geweckt hatten.
Juliane sah, wie an der Haustür gegenüber geläutet wurde. Wem das Läuten galt, wusste sie noch nicht, bis im ersten Stock des Hauses Licht anging.

Es musste die Wohnung dieser jungen Frau sein, Thaler hieß sie, ja, Thaler. Diese Frau war erst vor kurzem hier eingezogen, mit ihrem kleinen Sohn.

Juliane hatte ein paar Worte mit ihr gewechselt, dabei waren ihr eine gewisse Zurückhaltung und Scheu aufgefallen, jetzt wusste sie, warum die Frau nicht zu viel sagen wollte, und vor allen Dingen, warum sie nicht zu viel gefragt werden wollte.
Ausgebombt wären sie, hatte sie Juliane erzählt, und der Mann wäre an der Front.
Mein Gott, diese Frau war wohl auch Jüdin und Juliane hatte nichts, rein gar nichts gemerkt.
Und dennoch: Obwohl nicht einmal sie, Juliane, den Berührungspunkt mit diesem Menschen wahrgenommen hatte, s i e hatten sie aufgespürt! Sie waren Bluthunde, es gab kein Entrinnen, alle, alle, würden sie erwischen, wohl auch jene ohne klingende Namen.
Es war nur eine Frage der Zeit. Ein Wettlauf mit der Zeit.
Und Juliane fühlte, wie Hoffnungslosigkeit und Erschöpfung mehr und mehr von ihr Besitz ergriffen und ihr den letzten Rest von Lebenskraft zu rauben drohten.
Aber sie durfte nicht aufgeben, schon allein der Kinder wegen musste sie durchhalten. Zumindest solange es noch einen Funken Hoffnung gab.

Und nun war es Licht geworden in dieser Wohnung gegenüber, keine Dunkelheit mehr machte Mutter und Kind unsichtbar. Die Helligkeit setzte die Frau den erbarmungslosen Blicken der Männer aus. Sie öffnete das Fenster und beugte sich hinaus, so weit, dass Juliane schon fürchtete, sie würde sich nun gleich kopfüber in die Tiefe stürzen.
Juliane glaubte auch zu erkennen, dass sich der Mund der Frau krampfhaft bewegte. Wahrscheinlich suchte sie mit letzter Anstrengung nach irgendwelchen Zauberworten, die alles ungeschehen machen oder einfach in

einen bösen Traum verwandeln würden, aus dem es ein Erwachen gab.
Vielleicht wollte sie den Männern auch nur zurufen, dass sich alles um einen Irrtum handeln musste, bestimmt wollte sie um Gnade flehen, allein wegen des Kindes. Doch kein Ton drang von oben hinab, ihre Stimme musste gebrochen sein.
Juliane konnte die ohnmächtige Angst der Frau geradezu am eigenen Leib spüren. Das Gefühl der absoluten Hilflosigkeit und die so nahe Todesangst dieser Frau hatten ihr den Schweiß aus allen Poren gepresst, das dünne Nachthemd klebte wie eine zweite nasskalte Haut an ihrem Körper.
Und Juliane schämte sich gleichzeitig, sie schämte sich so schmerzhaft dafür, dass ihr Herz vorhin vor lauter Erleichterung, dass die Abholung nicht ihr gegolten hatte, wieder zu schlagen begonnen hatte.
Ja, sicher, auch wenn sie samt den Töchtern früher oder später abgeholt werden würde, die Fenster der Nachbarwohnungen würden blind bleiben wie jetzt. Hinter allen Türen würde großes Schweigen herrschen. Niemand würde etwas gehört oder gesehen haben. Niemand würde ihnen zu Hilfe kommen.
„Öffnen!", hörte Juliane nun die ungeduldigen Stimmen durch das Fensterglas hindurch. Die Männer versuchten nun auch nicht mehr, Lärm zu vermeiden. Denn sie wussten, niemand würde ihr Unterfangen hinterfragen oder gar zu behindern versuchen.
„Na wird's schon? Beeilung! Oder sollen wir die Tür einschlagen?!"
Noch immer erhellte der Strahl des Scheinwerfers die Häuserreihe und ließ nun auch so viel Licht in Julianes Wohnung, dass sie Katharina sehen konnte, die unbe-

weglich auf der schmalen Bettbank gleich neben dem Ehebett lag.
Juliane wünschte sich, ihre Tochter würde nicht aufwachen, sie hoffte, ihr diesen neuen Schrecken, der sich in die Seele einfressen würde, ersparen zu können. Noch hörte sie den Atem der Tochter gleichmäßig fließen, ein, aus, ein, aus, in irgendeiner Schlafwelt, die zumindest eine bessere Welt sein musste.
Sie waren nur zu zweit in der Wohnung, denn Lisbeth war in jener Nacht bei ihrem Wilhelm und Julianes Ehemann war irgendwo, wie so oft. Juliane wusste nicht, wo irgendwo war, es war ihr auch egal, sie war heilfroh, dass er nicht da war.

„Jetzt machen Sie schon! Und keinen Lärm! Oder wollen Sie die gesamte Nachbarschaft aufwecken?“, brüllte einer der Männer, den anderen hörte Juliane auflachen. Nun war auch der Bub aufgewacht und unvermittelt in schreckliches Schluchzen ausgebrochen. Für Juliane nahm sich dieses eher wie der Angstschrei eines gejagten Tieres als das Weinen eines Kindes aus, dem das Wissen um Tröstung doch immer innewohnt. Dieses Schluchzen war endgültig. Eine himmelschreiende, unerhörte Anklage war das. Ein Aufschrei, der unendlich viele Aufschreie in sich vereinte. Die Klage eines unwissenden, eines unschuldigen Kindes.
„Jetzt kommen Sie doch endlich! Und bringen Sie um Gottes willen das Kind zum Schweigen! Oder sollen wir dafür sorgen?“, schrie nun der eine, der vorhin noch gelacht hatte.
Er hat *Gott* in den Mund genommen, *um Gottes willen* hat er gesagt. Juliane konnte sich bei dieser Lautstärke gar nicht verhört haben. Dieser Gottlose hat es gewagt,

Gott in sein Spiel zu bringen. Und was ist geschehen? Was tut Gott? Wo ist ER? Wo ist der Retter? *Lasset die Kinder zu mir kommen.* So heißt es doch bei den Christen, Jesus soll das gesagt haben.
Und jetzt? Jetzt lässt Gott Kinder an Orte bringen, die die Hölle auf Erden sind!
Auf welcher Seite spielt Gott?
„Sie brauchen nichts mitzunehmen! Dort, wo Sie hingebracht werden, ist für alles bestens gesorgt!“, schrie der Mann weiter und Juliane nahm wieder den belustigten Ton mitten im Brüllen wahr.
„Nur Ihren Schreihals, den bringen Sie mit! Mit dem werden wir auch noch fertig!“
Die Haustür öffnete sich, die junge Frau mit dem Kind im Arm wankte heraus. Juliane dachte, sie würde den Männern nun gleich in die Arme fallen, so dünn erschien sie ihr und so bleich im Scheinwerferlicht, schon dem Tod so nah. Die Männer stützten sie nicht, nein, sie schubsten sie vorwärts, vorwärts, sie stießen sie in das Auto. Das Kind hatte zu weinen aufgehört. Hinter ihnen schloss sich die Schiebetür.

Juliane zog das nasse Nachthemd aus und wickelte sich in die Bettdecke ein. So fest schlang sie die Decke um sich, dass sie gerade noch atmen konnte. Sie schaute durch das Fenster auf einen leeren schwarzen Himmel und wartete auf den Morgen.
Es war totenstill.
Erst als der erste Vogel schrie, löste sie sich aus ihrer Erstarrung, um zum Fenster zu gehen und zu schauen, ob die nächtlichen Geschehnisse irgendetwas, auch nur irgendetwas draußen verändert hätten.
Es müsste schon heller sein um diese Zeit, dachte sie,

es war Juni und mit den Vögeln müsste doch auch das Licht wieder aufwachen. Ein eigenartiger grauer Schleier trübte ihren Blick. Sie rieb sich die Augen, sie rieb so fest, dass es wehtat, sie rieb, um sich gewaltsam die vergangene Nacht aus den Augen zu reiben und mit der Nacht den dunklen Schleier.
Vergeblich.
Für Juliane wurde es nie mehr wirklich Tag. In jener Nacht hatten ihre Augen beschlossen zu erblinden. Sie hatten zu viel gesehen.

## TANTE LISBETH

Wie jeden Nachmittag platzt mit Tante Lisbeth ein nicht enden wollender Wortschwall in die Wohnung. Hanna liebt die Schwester ihrer Mutter, die immer lebensfroh wirkt, selbst wenn sie in der Küche sitzt und ihr beim Reden die Tränen über das Gesicht fließen, was oft einmal vorkommt, besonders dann, wenn das Gespräch um ihren Mann kreist, den Onkel Wilhelm, der in Hannas Familie nur *Wilhelm* genannt wird, denn der Ehemann der Tante ist dort nicht als Onkel anerkannt. Eine Persona non grata ist der Wilhelm - und das aus gutem Grunde, wie Hanna nach und nach erkennen muss.
Hannas Vater hat vor allem Bedenken, Hanna könne von *diesem Wüstling* verdorben werden, denn in seinem Haus liegen Stöße von *unsittlichen* Zeitschriften, die mit dem *Lesezirkel* immer wieder neu ins Haus flattern und die mit dem *Kirchenblatt* und den diversen Pfarrblättern in Hannas Wohnung so gar nichts gemeinsam haben.

„Pass auf, dass der Kleinen der Schund dort drüben nicht in die Hände fällt", ermahnt der Vater immer wieder die Mutter, wenn sie sich mit Hanna in Richtung Weidgasse auf den Weg macht.
Wenn die Brüder in diesen Heften blättern, findet er das nicht so schlimm, bei Buben ist das anscheinend

etwas anderes.
Mutter und Tante sehen diese Sache nicht ganz so eng und so gelingt es Hanna doch immer wieder – besonders mit Willis Hilfe – an eines der verbotenen Hefte zu gelangen.
Willi ist natürlich nicht Wilhelm.
Willi ist Hannas Cousin, ein Jahr jünger als sie, doch Willi und Hanna sind viel mehr als Cousin und Cousine, mehr als bloße Spielgefährten, mehr noch als Freunde. Die beiden Kinder sind seelenverwandt.
Sie verstehen sich beinahe blind und es vergeht daher auch kaum ein Tag, an dem sie sich nicht treffen.
Willi muss wohl oder übel den Namen des Vaters weiter tragen, nur der *Helm* ist ihm zum Glück abgenommen worden und so klingt sein Name schon viel friedlicher. Er ist ja auch ganz und gar das Gegenteil von seinem Vater, was dieser immer wieder, oft auch mit Gewalt, zu ändern versucht.
„Den werden wir schon noch hinbiegen, den Weichling!“, sagt er und Hanna bekommt ein jedes Mal Gänsehaut, wenn sie es zufällig hört und wenn sie dazu die Angst in Willis Augen sieht. Beschützen will sie ihn, doch weiß sie nicht wie. Das gelingt ja anscheinend nicht einmal seiner Mutter und Hanna befürchtet, dass dies wohl auch oft der Grund für die Tränenausbrüche der Tante ist.
Später wird Hanna erfahren, dass der Wilhelm, der oft damit prahlt, die Russen damals, einen nach dem anderen, von den Bäumen abgeschossen zu haben, seine Gewaltausbrüche nicht allein auf den Willi beschränkt hat.
Nun, Willis Mutter Lisbeth ist im Gegensatz zu dem angeheirateten Wilhelm wiederum dermaßen eng mit

der Familie verwandt, dass das *Lisbeth* bei der Anrede irgendwann einmal weggefallen ist. Und seit diesem Zeitpunkt ist sie eben schlicht und einfach *die Tante*.
Für Hanna ist es unverständlich, warum sich die Tante nicht schon längst von ihrem schrecklichen Mann getrennt hat.
„Wie stellst du dir das vor? Wo soll sie denn dann hin mit den Kindern? Und wovon soll sie leben? Sie hat doch keinen eigenen Beruf", entgegnet die Mutter und darauf weiß auch Hanna keine Antwort.
„Aber warum hat sie ihn denn überhaupt geheiratet? Und warum hat sie keinen Beruf?"
Hanna kann sich einfach nicht erklären, wie man einen offensichtlich bösen Mann heiraten kann.
„Das waren andere Zeiten, schlimme Zeiten", sagt die Mutter und ihre Stimme hat dabei jenen dunklen Klang angenommen, der Hanna immer wieder beunruhigt.
„Sie hat einfach keine andere Möglichkeit gehabt", ergänzt sie noch und Hanna fühlt, dass ein von ihr geäußertes *Warum?* die Mutter noch trauriger machen würde, und fragt daher nicht mehr weiter.
Sie ist wohl wieder einmal in diesem *Damals* angelangt, von dem sich die Worte immer wieder zurückziehen wollen.

Zum Glück gibt es in Großmutters Zimmer eine zuverlässige Arznei gegen die nachmittäglichen Tränenströme der Tante, die Hanna normalerweise nicht allzu sehr verstören, weil die Tante mittendrin ja auch immer wieder lacht und sogar zu Scherzen bereit ist. Das wirkungsvollste Mittel gegen die Traurigkeit ist ein gelbliches, dickflüssiges, nach Vanille duftendes Getränk.

Die Flasche, die diese Flüssigkeit enthält, befindet sich auf dem obersten Regal in Großmutters Schrank. „Eierlikör“ steht drauf.
Die Großmutter füllt mit diesem Wundertrunk dann im Bedarfsfall nicht nur ein *Stamperl* für die Tante, sondern auch eines für die Mutter und eines für sich selbst. Hanna ist „noch zu klein dafür“, was immer das bei einem Getränk bedeuten mag. Wahrscheinlich steht „Likör“ für Erwachsensein, denn Eier darf sie ja essen.
Darüber, wie die Großmutter wissen kann, wohin sie die zähe Flüssigkeit zielgenau einschenken muss und wann das Stamperl dann randvoll ist, macht sich Hanna keine Gedanken mehr.
Ganz klar, die augenblinde Frau sieht mit dem Rest ihres Körpers.

Meistens darf Hanna bei den Gesprächen unter den Frauen dabei sein, nur hin und wieder wird sie von der Mutter aus der Küche geschickt, zumeist unter irgendeinem Vorwand: Sie möge etwas im gegenüber liegenden Geschäft einkaufen, vom Garten Schnittlauch holen oder im Wohnzimmer die Aufgaben machen. Hanna weiß genau, dass mitten am Nachmittag weder Schnittlauch noch Mehl benötigt wird, dennoch folgt sie der Mutter.
Im Vorzimmer bleibt sie jedoch ein jedes Mal noch eine Zeit lang ganz still stehen, um zu hören, was in der Küche weiter geredet wird. Da sich die Frauen trotz Hannas Abwesenheit nur im Flüsterton unterhalten, kann sie nur einzelne Wörter und Gesprächsfetzen ausnehmen.
*Pervers*, hört sie, er ist *pervers*.

Und dann muss die Tante wohl eine verletzte Stelle ihres Körpers hergezeigt haben, denn Hanna hört Mutters kurzen Aufschrei und Großmutters Stimme: „Es ist ganz geschwollen! Dieses Schwein! Lisbeth, du musst unbedingt zum Arzt!"
„Was soll ich dem denn sagen?", hört sie die Tante schluchzen.
Dann reden die Frauen so leise, dass Hanna nichts mehr verstehen kann.
*Pervers* muss etwas Schreckliches bedeuten, denkt Hanna auf dem Weg in den Garten. Es muss mit *wehtun* zu tun haben. Sie wird so bald wie möglich den Willi fragen, ob er weiß, was *pervers* heißt.
Die Mutter nach diesem Wort zu fragen, kommt ihr nicht in den Sinn. Auch nicht den Vater oder die Brüder. In diesem Fall nicht einmal die Großmutter. Ja, sie wird den Willi fragen.

Als sie dieses Mal mit dem gewünschten Bund Schnittlauch in die Wohnung zurückkehrt, sind die Frauen schon in Großmutters Zimmer übergewechselt.
Hanna wundert sich nicht, als sie alle drei mit den gelben Stamperln in der Hand antrifft.
Die Tränen in Tantes Gesicht sind auch wieder verschwunden.

*zur stern*
*stunde schreiben*
*auf deiner haut*
*bis an die milch*
*straßengrenze*

## WILLI

Es ist ein Apriltag, so heiß, wie es ihn nur ein Mal in zehn Jahren gibt.
Die Forsythien sind noch nicht einmal abgeblüht, der Flieder hat erst kleine grüne Knospen angesetzt und die Birkenblätter schimmern noch in zartem Hellgrün. Dennoch flimmert in der Hitze die Luft über dem Asphalt wie im August, als Hanna mit dem Fahrrad Richtung Weidgasse unterwegs ist.
Willi hat schon eine Decke auf der Wiese im Garten hinter dem Haus aufgebreitet, ein paar Zeitschriften liegen darauf verstreut herum.
Hanna springen die in der Sonne leuchtenden Farben der bunt bemalten Tiere und Pflanzen geradewegs in die Augen. Sie wartet schon immer mit Ungeduld auf die nächste Ausgabe der *Wunderwelt*, die sich Willi jede Woche kaufen darf.
Außerdem hofft sie auch ein wenig, dass sich unter den diversen Wunderwelten zumindest eine der verbotenen *Illustrierten* verbirgt.
„Komm, wir sind heute ganz allein im Garten! Meine Schwester ist auch nicht daheim“, sagt Willi gut gelaunt und nimmt ihr das Fahrrad ab, um es an den mächtigen Stamm des Apfelbaumes zu lehnen.

„Es ist nur meine Mutter da und die arbeitet drinnen."
Und wenn schon, denkt Hanna, von der Tante ist nichts zu befürchten. Auch nicht, wenn sie in den Garten kommen und die *Illustrierten* entdecken würde.
„Heiß ist es heute", sagt Willi und zieht sich auch schon das kurzärmelige Hemd aus. „Willst du dich nicht auch ausziehen?", fragt er Hanna.
Hanna hat keine Scheu vor Willi, seit jeher baden die beiden Kinder nackt oder halbnackt an heißen Sommertagen gemeinsam in der blechernen Gartenbadewanne, in die sie mit dem Gartenschlauch immer wieder frisches kaltes Wasser nachfüllen.
Dennoch sieht Hanna sich genau um, bevor sie sich auszieht.
Der Garten ist von der Straße her nicht einsichtig und dichte Stauden trennen das Grundstück von jenem des Nachbarn. Und das Haus selbst, das Willi mit seiner Familie bewohnt, hat zum Garten hin kein einziges Fenster. Kein einziges! Eine dunkelgraue Mauerfront begrenzt den Garten nach Norden hin.
Es kann daher auch niemand vom Haus aus den Garten einsehen.

Von der Mutter weiß Hanna, dass der Wilhelm das Haus selbst gebaut hat, ganz allein, nur mit Hilfe der Tante, die sich dabei das Kreuz völlig ruiniert hat, so geschunden hat sie der Wilhelm.
Er hat auch keinen Architekten gebraucht, denn wie man Häuser plant und baut, das hat er selbst gewusst. Und er war davon überzeugt, dass ein Haus besonders stabil sein musste, wenn es zumindest auf einer Seite keine Fenster, sondern lediglich eine dicke, durchgängige, tür- und fensterlose Mauer hatte.

„Ein Haus muss ein Bunker sein“, hat der Wilhelm gemeint.

„Spielen wir ‚Wörter erraten’!“, schlägt Willi vor.
‚Wörter erraten’ ist Willis Lieblingsspiel mit Hanna und auch Hanna mag es, wenn Willi mit den Fingerspitzen oder einem Grashalm die Form der Buchstaben auf ihrem nackten Rücken nachzieht, einen Buchstaben nach dem anderen zeichnet, bis sich ein Wort gebildet hat.
Ein Wort auf der Haut. Von keinem anderen Menschen wird sie sich jemals Wörter auf den Rücken schreiben lassen. Das verspricht sie Willi. Und er verspricht ihr das Gleiche.
Es ist ja auch nicht nur so, dass sie auf das Ergebnis, das Wort als solches, gespannt ist, vielmehr ist es die gleitende, sanfte Berührung der Fingerspitze, die Hanna so sehr genießt und bei der sich die feinen Körperhärchen allesamt aufstellen, himmelwärts.
Am liebsten hat sie das „I“, bei dem Willi die Fingerkuppe ganz gemächlich vom obersten Halswirbel bis zum Steißbein gleiten lässt. Und auch das „O“ mag sie besonders gern, es kann ganz klein ausfallen oder aber auch einer weiten Umlaufbahn folgen und den gesamten Rücken umkreisen.

Die tiefe Empfindung, die Willis Berührungen hervorrufen, beschränkt sich dabei bei weitem nicht auf den Rücken, nein, dieses Gefühl geht Hanna durch und durch, von ganz unten nach ganz oben, von den Zehenspitzen bis zum Scheitel und wieder zurück. Und je länger er auf ihrem Rücken Buchstaben malt, umso weniger will sie, dass er damit aufhört.

„Konzentrier dich!“, sagt Willi diesmal mit ungewohnter Strenge, als Hanna nur mehr leise seufzt, anstatt die jeweiligen Buchstaben laut auszusprechen, sobald sie sie erkannt hat.
„Es ist ein wichtiges Wort, das ich dir jetzt schreibe.“
Hanna nimmt sich zusammen und wiederholt Buchstaben für Buchstaben: I, N, T, E, R, N, A, T.
„Internat“, sagt sie dann und setzt sich abrupt auf.
„Warum schreibst du ‚Internat'“?
Sie hat dieses Wort erst vor wenigen Nachmittagen aus der Küche heraus gehört, als Tantes Augen wieder einmal von Tränen überschwemmt waren und Hanna von der Mutter in den Garten Petersilie holen geschickt worden ist. Nur dass sie dieses im Vorzimmer aufgeschnappte Wort nicht mit Willi in Verbindung gebracht hat. Jetzt erinnert sie sich ganz deutlich, dass sie in diesem Zusammenhang auch die Worte „Onkel Josef“ und „dabei behilflich sein“ und „Unterbringung“ gehört hat. Und: „Die Stadt ist ja nur einen Steinschlag entfernt“.
„Sollst du nach der Volksschule etwa ins Internat?“
Hanna will nicht glauben, was ihr Willi da mitteilt.
Sie geht schon in die *erste Gym* und in wenigen Monaten wird auch für Willi die Volksschule vorbei sein.
„Meine Mutter will das so. Sie meint, für mich ist das das Beste“, sagt Willi und greift nach Hannas Händen und drückt ihre Finger so fest zusammen, dass es wehtut.
„Aber, aber dann bist du nicht mehr da.“ Hannas Augen beginnen zu brennen.
Ihr wässriges Blau verschwimmt mit dem seiner Augen, es verschwimmen die bunten Blumen und Tiere der *Wunderwelt*, sie haben ihre Farben verloren,

in wenigen Augenblicken nur sind sie verblasst zu grauen, leblosen Wesen auf weißem Papier. Aus der Wunderwelt ist die Welt geworden.
„Dort werde ich ruhig schlafen und brauche keine Angst mehr vor den Nächten zu haben, meint meine Mutter", redet Willi weiter und Hanna kann nichts mehr sagen. Stumm hört sie ihm zu, wie er versucht, sie zu beruhigen.
„Ich komm ja jedes Wochenende nach Hause. Wir können uns jedes Wochenende sehen!"
Aber auch ihn selbst können die eigenen Worte nicht wirklich trösten, er muss nun auch weinen und so sagen sie beide nichts mehr.

Die Nächte, diese Nächte, von denen Hanna Schlimmes ahnt, über die ihr Willi aber bisher nie etwas Genaueres erzählt hat, wirbeln durch ihren Kopf.
„Ich darf nichts sagen!", hat er auf ihre Fragen immer wieder geantwortet und seine Hände haben sich dabei zu kleinen Fäusten geballt.
„Ich darf nicht! Verstehst du?"
Sie hat nicht verstanden, aber weil sie gesehen hat, dass ihn ihre Fragen nur quälen, hat sie aufgehört nach diesen Nächten zu fragen.
Unweigerlich muss Hanna nun auch an den Leitinger denken und daran, dass in jenen unaussprechlichen Nächten dem Willi wahrscheinlich ähnlich schreckliche Dinge zugestoßen sind wie ihr im Keller mit dem Leitinger. Aber davon hat sie Willi auch nichts erzählt.
*Wehe, du sagst es irgendjemandem! Dann kannst du was erleben!*
Leitingers Drohung hat sich in Hannas Gedächtnis eingebrannt wie Feuer und Hanna hat das Gefühl, dass

die Narbe, die das Erlebte tief in ihr zurückgelassen hat, wieder ganz leicht aufreißen kann, wenn sie nur mit Willis schlimmen Erlebnissen in Berührung kommt.
„Es ist wegen der Nächte, oder?“, fragt sie nun doch.
„Ja, wegen der Nächte“, sagt Willi fast unhörbar und hört gar nicht mehr auf, mit dem Kopf zu nicken.
„Wirst du es mir einmal sagen?“, fragt Hanna.
„Vielleicht“, antwortet Willi.

*wenn doch nur einmal*
*alles alles schliefe*
*und nur die stille*
*die erde*
*drehte*

## NACHT

Es ist ein seichter Schlaf, ein trüber, lichtundurchlässiger Sumpf, in den Willi nur für eine kurze Weile versinkt, um dann gleich wieder nach Luft ringend aufzutauchen. Es ist die Angst, die ihn von einer Dunkelheit in die andere befördert, von der ungewissen Ahnung des Schlafes in die Gewissheit des Wachzustandes.
Gleich wird sein Vater im finsteren Zimmer stehen und ihn aus dem Bett zwingen, wie so oft.
Das *Holen* ist immer gleich, was dann kommt, immer anders. Immer noch schlimmer. *Abwechslung,* nennt das der Vater, oder auch *Abhärtung* für das *Weichei,* den *Waschlappen.*
Wer sonst soll die Erziehung denn heute, in dieser führerlosen, disziplinlosen Zeit besorgen, wenn nicht er, der Vater. Wer sonst ist im Stande, aus diesem Weichling den Mann herauszuzwingen, wenn nicht er, Wilhelm, der alles gesehen hat, was man nur sehen kann, der getötet hat, nicht mehr mitgezählt hat beim Schießen an der Front. Im russischen Winter.
Und nun dieser Sohn, der keine Ahnung hat, was es heißt, wenn ..., der überhaupt keine Ahnung hat, der ein einziger *Angsthaufen* ist.

Er wird es ihm noch einmal zeigen müssen, bevor er zu den Katholen geht, ins Internat, wie es die Lisbeth gemeinsam mit der Familie der Schwester durchgesetzt hat. Wenigstens hat er den Willi dann nicht mehr täglich vor Augen, diesen schwächlichen, rachitischen Buben, der sein Sohn sein soll. Weiß der Teufel, vielleicht ist er gar nicht sein Sohn. Er sieht doch nur und ausschließlich der Familie der Lisbeth ähnlich.

Willi weiß, dass er keinen Ton von sich geben, die Schwester, die im Bett an der gegenüber liegenden Wand schläft, unter keinen Umständen wecken darf. *Wehe!* Das Mädchen lässt der Vater ja in Ruhe.
Bei der, meint er immer wieder lautstark, hat zum Glück *seine* Erbmasse durchgeschlagen, die Tochter ist auch ganz nach ihm und *seiner* Familie gekommen, ein fesches Mädel ist die, die ist eben ein Rasseweib.

Und da sieht ihn der Bub auch schon: den schmalen hellen Lichtstreifen, der die Tür zu seinem Zimmer rahmt.
Mitten in der Nacht muss es ein, Willi hört die Schwester gleichmäßig atmen und sein eigenes Herz so laut klopfen, dass er denkt, die Schwester müsse davon geweckt werden.
Stockdunkel ist diese Nacht, der Mond wie auch die helle Umrahmung der Tür eine scharfe Messerklinge. Es ist eine Nacht, wie der Vater sie liebt.
Der Lichtstreifen unter der Tür ist nun von zwei dunklen, fußlangen Abschnitten unterbrochen.
Leises Knarren des Holzbodens, leises, sehr leises Öffnen der Tür, ein schwacher Luftzug nur; Atem, der nach Vater riecht und näher kommt, immer näher.

Der Schrecken, obwohl erwartet, fährt dem Buben vom Herzen in die Eingeweide, in alle Glieder, er glaubt, sich nicht mehr bewegen zu können, und als er dann wie erwartet die nach Nikotin stinkende Hand auf seinem Mund spürt, hofft er nur, er könne sterben. Einfach nur nicht mehr sein.
Sein Herz jedoch klopft weiter, seine Schwester schläft friedlich weiter, alle, alle schlafen sie weiter.
Kein Wort. Kein Ton. Kein Weinen. *Wehe!*
Er kriecht aus dem Bett, lautlos, ein Ziehen an den Haaren weist den Weg hinaus, hinaus – wohin?
Die ohnmächtige Angst lähmt jeden Widerstand.
„Schuhe. Meine Schuhe. Darf ich die Schuhe anziehen, bitte!" Willi weiß schon, während er es sagt, dass ihm diese Bitte höchstens Hohn einbringen, den Vater noch mehr in Fahrt bringen wird.
„Schuhe? Im August brauchst du Schuhe? Das täte dir so passen! Glaubst du wir haben Schuhe gehabt damals? Frostbeulen haben wir gehabt statt guter Schuhe!"

Und er zerrt Willi, der nur den Pyjama anhat, in den Wagen und fährt mit ihm auf der Bundesstraße stadtauswärts. Willi kennt die Strecke von den Sonntagsausflügen in das nahe Hochholz, einen großflächigen, dichten Wald. Ja, wie immer wird es in den Wald gehen.
Der Wagen biegt ab, direkt in die Finsternis hinein, die Scheinwerfer lassen die Baumstämme wie gliederlose Skelette erscheinen, eine ganze Armee von Skeletten. Das Auto rumpelt noch kurz über den Forstweg, bevor es zum Stillstand kommt, dann ist es stockdunkel. Der Vater hat die Scheinwerfer ausgeschaltet.

„Jetzt hör mir gut zu!" Durch die Schwärze erreichen Willi die Worte des Vaters. Willi muss an seine Großmutter denken, die nie mehr sehen kann als er jetzt.
„Du steigst jetzt aus und läufst. Und du hörst nicht auf zu laufen, sonst schieße ich. Hast du verstanden?"
Er reißt die Wagentür auf und stößt den Buben hinaus. Gleichzeitig knipst er eine Taschenlampe an und leuchtet Willi mitten ins Gesicht.
„Schau doch nicht direkt ins Licht! Du Dummkopf! Glaubst du, du kannst etwas sehen, wenn du direkt ins Licht schaust?", schreit der Vater.
„Und jetzt lauf. Hopp, hopp! Die Jagd beginnt!"
Willi rennt los, mit der Kraft der Verzweiflung rennt er, rappelt sich auf, wenn er über Wurzeln stolpert, rennt weiter, mit zerschnittenen Fußsohlen rennt er weiter, mit aufgekratzten Armen und Händen, er spürt den Atem des Vaters im Nacken, er ist eingefangen im Strahl der Taschenlampe. Es gibt kein Entkommen. Wohin denn auch.
„Ich kann nicht mehr! Bitte!", fleht Willi, als er nicht mehr atmen kann und alles in ihm wie ein einziges Feuer brennt.

Statt einer Antwort hört Willi einen Schuss, die Kugel muss ganz knapp neben ihm eingeschlagen haben.
„Ist das Warnung genug?", schreit der Vater und das Feuer läuft weiter, es fließt, Willi ist zu Feuer geworden, davon ist er überzeugt. Die Zeit hat aufgehört zu fließen.

Irgendwann hört der Bub einen weiteren Knall. Ein weiterer Schuss? Wird der Vater ihn nun erschießen, endlich? Kann man Feuer erschießen?

Ein Baum, direkt vor ihm, ist in der Mitte abgebrochen und Willi sieht, wie die obere Hälfte des Baumes langsam, wie in Zeitlupe, vor ihm zu Boden sinkt.
Blitze durchzucken nun den Wald, ein lautes, tiefes Grollen begleitet die taghellen Zuckungen, die Mondsichel ist schon längst von dicken Wolken verdeckt und ein mächtiger Sturm krümmt den Wald.
„Los, steig, ein! Wieder einmal Glück gehabt mit dem Scheißgewitter!“, sagt der Vater und stößt den Buben in den Wagen, auf die Rückbank, damit er ihn nicht ansehen muss.

## DER TAG DARAUF

Wer hat ihn ins Bett gebracht? Wie ist er überhaupt wieder zurück in sein Zimmer gekommen? Warum liegt er nun, am helllichten Tag, hier, die Stimme der Mutter neben ihm, das Gesicht des Arztes über ihm, warum?

In Willis Kopf summt es, abschwellend, anschwellend, wie sein bunter Kreisel, den er einmal zu Weihnachten geschenkt bekommen hat und der, je nachdem, wie schnell man ihn dreht, lauter oder leiser singt. Neben diesem Summen ist da auch noch ein dumpfer Schmerz im Kopf.

Besser, er macht die Augen schnell wieder zu und bewegt sich nicht.

Sie sollen nur glauben, dass er schläft.

Nein, er will ihnen keine Fragen beantworten, er kann ihnen gar keine Fragen beantworten, weil er sich an nichts, rein gar nichts erinnern kann, was danach geschehen ist.

*Danach*, nachdem sein Vater ihn geholt hat, wie schon so oft.

Ja, der Vater hat ihn aus dem Bett geholt, daran erinnert er sich nun ganz genau, ins Auto hinein hat er ihn gezerrt, schuhlos, nur im Pyjama. Und dann, dann. Nein, es ist zwecklos, die Stunden zwischen der Abfahrt mit dem Auto und dem Erwachen in diesen weißen Tag hinein sind aus dem Gedächtnis gefallen.

Es kommt Willi vor, als hänge das Gesicht über seinem Bett an einem Faden. Es baumelt über ihm und er denkt, es kann jederzeit auf ihn herabfallen, ja, dieses Gesicht kann direkt auf sein Gesicht fallen.
„Penicillin", sagt der Mund des Gesichtes über ihm. „Er muss unbedingt die ganze Packung davon nehmen. Hoffen wir, dass das Fieber bis morgen sinkt. Wenn nicht, muss er ins Krankenhaus. Da gibt es dann keine Diskussion mehr. Ich trage schließlich die Verantwortung. Und wegen der Anzeige ..."
„Bitte, Herr Doktor! Es wird nicht mehr vorkommen! Ich lege dafür meine Hand ins Feuer!"
„Wie wollen Sie es denn verhindern? Der Bub hätte sich auch das Genick brechen können! Sehen Sie nur, wie er zugerichtet ist. Das ist doch kriminell! Das glaubt Ihnen doch keiner, dass so was nur so passiert ist."
„In zwei Wochen kommt der Willi ins Internat", flüstert die Mutter nun, so als ob sie nicht wolle, dass Willi es hört. „Und bis dahin kommt mir mein Mann nicht mehr ins Haus. Ich hab Ernst gemacht, ich hab ihm mit der Polizei gedroht. Er wird sich dran halten."
„Wenn Sie meinen, Frau Schneider. Ich unternehme jetzt nur deshalb nichts, weil wir beide uns schon so lange kennen. Aber ich habe kein gutes Gefühl dabei. Jedenfalls komme ich morgen wieder bei Ihnen vorbei. Schauen Sie auf den Buben!", sagt der Arzt und wendet sich zur Tür.
„Danke, danke", schickt ihm die Mutter noch nach und ist auch schon wieder bei ihrem Sohn.

Willi hält die Augen weiterhin geschlossen. Es ist angenehm, die Hand der Mutter zu spüren, die über seine Wangen streicht, und ihr zuzuhören, wie sie redet, einfach redet, ohne zu wissen, ob er sie hören kann, und ohne zu erwarten, dass er etwas sagen wird.

„Es wird alles gut. Du wirst sehen, alles wird wieder gut. Ich habe viel zu lange zugeschaut. Dass es so schlimm kommen wird, hab ich nicht gedacht. Du brauchst keine Angst mehr vor ihm zu haben, er wird dir nichts mehr tun, das verspreche ich dir. Du musst mir verzeihen. Hab keine Angst. Alles wird gut."

So redet sie dahin, fängt wieder von vorne an, wiederholt Satz für Satz, zu einer Litanei wird die Rede der Mutter, ganz so wie in der Kirche kommt es Willi vor – *der du für uns gekreuzigt worden bist, der du für uns gestorben bist, erbarme dich unser* – und Willi weiß nicht, ob sie mehr zu ihm spricht oder gar zu Gott oder doch mehr zu sich selbst.

So schlimm steht es also um ihn, jetzt hat Willi Gewissheit, sonst würde doch die Mutter nicht unaufhörlich auf ihn einreden, sonst läge er jetzt nicht so da, mit heißen, schmerzenden Gliedern und brennendem Atem; der Arzt hätte nicht von Krankenhaus und Anzeige gesprochen.

Sonst müsste er nicht fort von zu Hause, von der Mutter. Von Hanna.

„Alles wird gut", sagt jedoch die Mutter wieder und wieder.

*angelehnt / an vorüberziehendem*

## VIELE JAHRE SPÄTER

Sie denkt, es sei ihr Mann, der da gleich mehrmals an der Tür läutet.
Max müsste zwar einen Schlüssel dabeihaben, aber wahrscheinlich hat er noch den Großeinkauf erledigt und gerade keine Hand frei.
Hanna öffnet die Haustür.
Die Septembersonne steht so schräg, dass eine wahre Lichtflut ihr Gesicht überströmt und sie im grellen Gegenlicht erst einmal nur eine schwarze Gestalt ausnehmen kann.
Einige Sekunden lang brauchen ihre Augen, bis sie sich einigermaßen an den blendend hellen Hintergrund gewöhnt haben.
Aber eines ist Hanna auf den allerersten Blick dennoch klar: Ihr Mann ist das nicht, der da vor ihr steht.
Und dann nimmt sie auch schon diese Augen wahr, die fast nur aus Pupillen bestehen, deren Schwarz das ihr einmal so vertraute blaue Feld rundherum beinahe vollständig vereinnahmt haben.
Der schwarze Blick flattert und die abgemagerte Gestalt des Mannes schwankt. Auch seine Stimme findet keinen Halt, sie weht Hanna entgegen wie ein dürres Herbstblatt, das schon zerbröselt, bevor es noch auf der Erde landen kann.

„Ich bin zu dir gekommen! Du musst mir helfen!“
„Willi!“
Hannas Stimme ist fast tonlos, sie zieht ihn am Arm ins Haus.
Seine Haut sieht ja völlig verbrannt aus, denkt sie, wie bei einem nicht heilen wollenden Sonnenbrand! Völlig ausgetrocknet ist diese Haut, wie der im Spätsommer rissig gewordene Lehmboden, der jeden Moment aufzubrechen scheint, und scharfe Linien ziehen sich von den Nasenflügeln zu den Mundwinkeln. Und ein streng süßlicher Geruch erfüllt schon nach kurzer Zeit den Raum.

Hanna ist über Willis Schicksal in groben Umrissen informiert. Ihre Mutter hat sie immer auf dem Laufenden gehalten, ihr von seiner *Infektion* erzählt. Ob er sich das Virus nun von der Heroinnadel oder von dieser Margit, einem *einzigen Suchthaufen*, von dem er nicht *loskommt*, geholt hat, weiß niemand.
Jedenfalls sei auch diese Margit HIV-positv, und das, wie Hanna erzählt worden ist, eben schon seit längerer Zeit als Willi. Nur dass bei ihr die Erkrankung noch nicht ausgebrochen sei, sondern still im Körper schlummere. Seit jenem Tag, an dem das Virus auch bei Willi festgestellt worden ist, vermeidet Margit jedenfalls jeden persönlichen Kontakt mit ihm.
*Bei aller Liebe, aber er müsse das verstehen, sein Anblick konfrontiere sie täglich mit ihrem eigenen Tod. Das sei zu viel verlangt.*

Hanna ist auch vom Elend der Tante berichtet worden, die immer wieder versucht haben soll, ihrem Sohn beim Entzug zu helfen.

Ja, sie soll sich sogar mit ihm gemeinsam in einem Zimmer im zweiten Stock des Hauses eingesperrt und den Schlüssel ihrer Schwester gegeben haben mit dem Auftrag, erst nach einem Tag und einer Nacht wiederzukommen, um die Tür aufzusperren.
So *konnte* sie Willi nicht aus dem drogenfreien Zimmer hinauslassen, da konnte er flehen, so viel wie er wollte, und ihr Herz konnte brechen, so oft wie es brechen konnte. Die Tür war ja zugesperrt. So hat sich das Willis Mutter vorgestellt.
Was seine Mutter mit ihm vorhatte, war der *kalte Entzug*, die Hölle für beide, mit katastrophalem Ausgang: Willi, vor Schmerzen und Verzweiflung außer sich, soll geschrien haben wie ein Tier, am Boden soll er sich gewälzt, ja, sogar die Mutter soll er bedroht haben.
Die habe schließlich vom Fenster aus die Nachbarn um Hilfe gerufen, die wiederum haben die Schwester benachrichtigt und diese habe dann das Zimmer frühzeitig aufgesperrt.
Schließlich habe ihm die Lisbeth ihr ganzes Erspartes gegeben, Geld für die Droge, die scheinbar einzige Rettung.
Eine Scheinrettung natürlich, die ein jedes Mal nur für eine immer noch kürzere Zeitspanne für Ruhe sorgte. Für eine Ruhe vor einem immer noch gefährlicheren Sturm.

Als nun Willi in diesem erbärmlichen Zustand vor Hanna steht, ist seine Mutter schon ein halbes Jahr lang tot.
*Das Herz hat nicht mehr mitgemacht*, hat der Arzt gesagt, nachdem er zu spät bei ihr zu Hause eingetroffen war. *Kein Wunder. Gebrochenes Herz, ja, das gibt es*, hat er noch hinzugefügt.

Es war derselbe Arzt, der viele Jahre zuvor von einer Anzeige gegen Willis Vater und von Willis Krankenhauseinweisung Abstand genommen hatte.

Nun steht Willi vor Hanna und ihr Herz klopft wie wild. Sie fragt nicht: *Wie geht es dir?*, nein, das ist überflüssig.
„Wo kommst du her?", fragt sie stattdessen.
„Indien".
Er lächelt wie ein trauriger Clown und Hanna erkennt jetzt doch die vertraute Schwingung um seinen Mund, leicht schräg.
„Drei Wochen Indien. Wohl das letzte Mal."
„Setz dich doch", sagt Hanna, schiebt ihn dabei zum Tisch und drückt ihn in einen Sessel.
„Du hast sicher Hunger."
„Kann ich hier bleiben?", fragt Willi unvermittelt und für einen Moment ist er für Hanna wieder der schutzbedürftige zehnjährige Bub, der ihr so nahe gestanden ist und ohne den sie sich damals ihr weiteres Leben gar nicht hat vorstellen wollen.

Nun hockt er bei ihr zu Hause, ein krankes, süchtiges Etwas, dem Tod näher als dem Leben.
Sie nickt nur, denkt an Max, der gleich da sein und nur einen Augenblick benötigen wird, um die Situation zu erfassen.

Dann wird er reagieren und Hanna weiß wie. Max wird es nicht zulassen, dass Willi hier bleibt, er wird schnellstens dafür sorgen, dass er irgendwohin, *irgendwohin* gebracht wird, nur bei ihnen kann er nicht bleiben. Unter keinen Umständen.

Hanna sieht in die schwarzen Augen, die einmal so blau gewesen sind, wie der Aprilhimmel, und sie nickt noch immer, obwohl sie ja genau weiß, dass Willi nicht bei ihr, bei ihr und Max, bleiben wird. Nicht einmal für eine Nacht.
*Derart Süchtige schrecken vor nichts zurück. Die bringen sogar die eigene Mutter um, um an Geld für den Stoff zu kommen. Da bist du machtlos, Hanna!*
Genau das wird Max sagen. Und vor der Ansteckung wird er sich fürchten, auch wenn er über die Übertragung von HIV theoretisch genau Bescheid weiß.

„Kannst du mir etwas Geld borgen?“, fragt Willi nun in ihr Nicken hinein, das er richtig gedeutet hat. Ein Nicken kann eben auch *Nein* heißen. Man kann auch gegen das eigene Herz nicken. Hanna kann das, Willi weiß das.
Geld, das ist das Einzige, was sie ihm noch geben kann.
Einige Scheine hat sie zu Hause. Die steckt sie ihm allesamt in die Hosentasche. *Meine Sterbehilfe*, denkt sie, und „Geh jetzt, bevor Max heimkommt“, sagt sie und umarmt ihn zum Abschied, der ein Abschied für immer sein wird.
„Alles, alles wird gut.“ Beide nicken sie.

## DER FERNSEHER

Die Mutter ist erst einmal entschieden dagegen.
Das Gerät koste nicht wenig und sie müsse sich das Haushaltsgeld ohnedies immer genauestens einteilen, um die Familie bis zum Monatsende durchzubringen. Es würde also der Sommerurlaub daran glauben müssen, sofern ...
Vaters Meinung dazu tendiert zum großen Erstaunen der Kinder eher in Richtung Fernseher.
Er spricht *von einem überaus günstigen Modell,* von wichtigen *Informationssendungen,* von der *Zeit im Bild,* von *Bildung* und von der Möglichkeit, die Welt auch von zu Hause aus kennen zu lernen, *fern sehen statt fern reisen,* sagt der Vater, *das können auch wir uns leisten.*
Man müsse natürlich sorgfältig kontrollieren, welche Sendungen für die Kinder in Frage kämen und dann eben eine Auswahl treffen.
Bei der *Kleinen* würde man natürlich besonders Acht geben müssen, dass sie nicht verderblichen Inhalten zum Opfer fiele. Die katholische Filmkritik im *Kirchenblatt* sei da ja ein recht zuverlässiger Ratgeber.
Hanna und ihre Brüder sind selbstverständlich von der Aussicht, bald in den eigenen vier Wänden auf Knopf-

druck Filme sehen zu können, hellauf begeistert. Sie äußern ihren Enthusiasmus jedoch aus taktischen Gründen nur sehr verhalten, denn zu viel Begeisterung ihrerseits würde bestimmt die Entscheidung der Eltern in die andere Richtung hin beeinflussen. Sie würden dann meinen, die Kinder nicht mehr von dem Gerät fern halten zu können, und der Fernseher würde automatisch ein zu negatives Image erhalten. Das ist untrüglicher Instinkt.

Diejenige, die jedoch schließlich den endgültigen Ausschlag für die Anschaffung des Fernsehgerätes gibt, ist die Großmutter.
„Das wäre schön", schwärmt sie, wie man es von ihr gar nicht kennt, „da könnte auch ich noch was von der Welt sehen. Weil reisen trau ich mich jetzt doch nicht mehr so recht."
Im Jahr zuvor hat die Großmutter *mit der Kirche* in der Hoffnung auf ein *Augenwunder* an einer Wallfahrt nach Lourdes teilgenommen. Die Mitreisenden haben sie unter ihre Fittiche genommen und müssen ihr alles so bildhaft beschrieben haben, dass die Großmutter – trotz Lourdes-Wasser und unzähliger Rosenkränze blind geblieben – eine Menge optischer Eindrücke mit nach Hause genommen hat. Sie hat jedenfalls der Familie von ihrer Reise in den buntesten Farben berichtet, mindestens genauso facettenreich, als ob sie alles mit sehenden Augen wahrgenommen hätte.
„Und gerade für dich wäre der Fernseher wirklich eine Bereicherung", gibt die Großmutter noch eins drauf und wendet dabei ihr waches, von unzähligen Linien und Falten graviertes Gesicht direkt dem Familienoberhaupt zu.

Wenn Hanna die Gesichtszüge der Großmutter studiert, muss sie immer wieder an die Krokodil-Handtaschen denken, die neuerdings in dem teuren Ledergeschäft auf dem Stadtplatz in der Auslage zu sehen sind. Ihr gefällt das Leder mit den vielen Zeichnungen genauso gut wie das Gesicht der Großmutter. Es ist immer wieder Neues darin zu entdecken.

„Denk nur an den Weihnachts- und Ostersegen des Papstes. Urbi et orbi. Der wird im Fernsehen direkt übertragen, in allen Sprachen! Und das Beste daran: Es gibt eine Absolution über das Fernsehen! Der Papst kommt in dein Wohnzimmer und spricht dich von allen Sünden frei! Franz, in dein Wohnzimmer kommt der Papst!"

Das ist das schlagende Argument, daran gibt es nichts mehr zu rütteln, dieses Argument fegt die allerletzten Bedenken weg.

Am folgenden Tag schon zwängen zwei Möbelpacker den sperrigen, viereckigen Kasten durch das schmale Stiegenhaus hinauf in den zweiten Stock und stellen ihn dann auf ein *Stockerl,* das vom Keller heraufgeschafft worden ist. Kabel werden angeschlossen und ein langer, silberner Antennenstab wird ausgefahren und in alle Richtungen gedreht, bis er mitten ins Wohnzimmer hineinragt und im Schwarzweißgeflimmer auf dem Bildschirm endlich das erwünschte bewegte Bild auszunehmen ist.

Von nun an halten täglich neue Persönlichkeiten Einzug in den zweiten Stock des Heimstättenrings 13: Lassie, Fury und Daktari – genauso wie die Königin von England, Bruno Kreisky und der Papst.

## WÖRTER LERNEN LAUFEN

Hanna ist ja daran gewöhnt, der Großmutter die sichtbare Welt in allen Farben und Nuancen zu schildern: Was gerade aufgeblüht oder verblüht ist, ob die Nebel dick oder noch durchsichtig sind und sich das Licht darin bricht, ob die Steine noch vom Regen glänzen oder schon wieder matt getrocknet sind – all das teilt das Kind der Großmutter wie selbstverständlich mit.
Die Blumen und Steine nähern sich beim Spazierengehen den beiden immer in Schrittgeschwindigkeit, genauso wie die Menschen mit ihren erfreuten oder griesgrämigen, erstaunten oder unbeteiligten Gesichtern. Und selbst die Wolken, auch wenn sie über ihnen nur so dahinfegen und sich in Windgeschwindigkeit von Schönwetterweiß auf Gewittergrau einfärben, sind nie schneller als die dazugehörigen Wörter, die sich in Hannas Mund bilden, um der Großmutter entgegenzuhüpfen.
All das findet eben in Echtzeit statt und ist keine Herausforderung mehr für Hanna. Schließlich kommentiert sie für die Großmutter die Geschehnisse rundherum, seit sie sprechen kann.
Bei den Filmen im Fernsehen ist das nun eine ganz andere Sache:

Da legt Lassie noch achtsam die Hundeohren an und in der nächsten Bildfolge, nur wenige Atemzüge später, hat sie den Dieb schon an der Hose gefasst. Und nur wenige Bilder danach sitzt der Missetäter schon hinter Gittern.
Unversehens sind das Feld zum Gefängnis, der Tag zur Nacht, die Sonne zum Mond und die Vögel zu Sternen geworden.
All das, was die Stimmen und Geräusche aus dem Fernseher nicht zu erfassen vermögen und was eben nur durch die Ergänzung der Bilder ein komplexes Ganzes bildet, übersetzt Hanna der Großmutter. Sie verwandelt die Bilder in Wörter, immer schneller, bis diese im Tempo der bewegten Bildschirmwelt aus Hanna heraussprudeln.

Den restlichen Familienmitgliedern fehlt für dieses *Fernsehtheater* mit der wirren Geräuschkulisse freilich jede Begeisterung.
*Da kommt man ja völlig durcheinander*, meint die Mutter kopfschüttelnd, und *Man kann ja gar nicht mehr verstehen, was die im Fernseher sagen, bei dem Gequassel von der Kleinen*, protestieren die Brüder und erwirken sogar ein zeitweiliges Fernsehverbot für Großmutter und Hanna.

Genauso wie es für die alte Frau offensichtlich das Normalste auf der Welt ist, in ihr rechtes Ohr etwas anderes einfließen zu lassen als in ihr linkes – da die Inhalte aus dem Fernseher, dort die Wortketten aus Hannas Mund –, stellt es auch für Hanna schon bald keinerlei Schwierigkeit mehr dar, das Gehörte zu erfassen und gleichzeitig den Bildern ihre Stimme zu geben.

Das gemeinsame Fernsehen ist neben den täglichen Spaziergängen schnell zur Lieblingsbeschäftigung der Jüngsten und der Ältesten der Familie geworden. Für Hanna hat sich dabei unversehens eine Automatik eingestellt, die Bilder, Inhalte und Gedanken erst Wirklichkeit werden lässt, sobald sich die dazugehörigen Wörter geöffnet haben.

Noch viele Jahre später wird sich Hanna dabei ertappen, nicht nur vor dem Fernsehgerät im heimischen Wohnzimmer, sondern auch im Kino die Filme mitzusprechen. Manchmal halblaut, aber immer in ihrem Kopf, ganz so, als ob die Großmutter noch neben ihr säße.

*unberührbar*
*die spiegelwelt*
*in den augen*
*kopfstand*

## DAS FIEBER

Wenn sie Gesundsein einfach nicht mehr aushält, flüchtet sich Hanna in ihr Fieber. Sie mag die schmale Wohnzimmercouch, die dann nur ihr gehört und die mit Leintuch, Polster und Tuchent zum Bett umfunktioniert genauso verkleidet aussieht wie das Mädchen im rot gepunkteten Flanellpyjama.

Wie oft einmal hat Hanna Fieber. *Nervöses Fieber*, nennt es der Hausarzt, der nicht recht weiß, woher es so plötzlich kommt und weshalb es dann nach ein paar Tagen, ohne irgendwelche Folgen zu hinterlassen, wieder verschwindet. Symptome für eine echte Krankheit kann er nicht erkennen. Das verstört ihn etwas und macht ihn auch, wie es Hanna scheint, ein wenig ärgerlich.
Hanna taucht in ihr Kranksein ein wie in ein warmes Bad, das sie immer wieder aufnimmt, wenn die Luft um sie herum zu hart, das Licht zu kalt, der Lärm zu grell und der Wind zu scharf geworden sind.
Das Fieber ist dann ihr Schutzengel, der alles Schlimme abwehrt.
Auch die gefürchtete Lehrerin, die den Kindern sogar den Gang auf die Toilette verbietet, sie bei den geringsten Vergehen mit dem Gesicht zur Wand kleine

Ewigkeiten lang stehen lässt, sie vor den anderen ohrfeigt und demütigt, auch diese Hexe muss Hannas Welt fernbleiben, solange das Fieber sie nicht verlässt.

Selbst die Brüder sind an diesen Tagen weitgehend aus dem Wohnzimmer verbannt. Denn, so die einzige Verordnung des Arztes, das Mädchen braucht Ruhe. Nur absolute Ruhe, so meint der Arzt, vermag die überschäumenden, Fieber auslösenden kindlichen Fantasien zu zügeln.
*Wir müssen ihre Aufgeregtheit besänftigen, damit die Quelle des Fiebers versiegt*, sagt der Arzt und Hanna gefällt das Bild einer Quelle, aus der kein Wasser mehr herausrinnt, überhaupt nicht. Wenn sie in ihrem Körper schon so eine Quelle hat, wird sie diese ganz sicher niemals vertrocknen lassen, auch wenn der Hausarzt noch so dafür ist. Sie würde ja dann auch ihr Fieber für immer und ewig verlieren!

Absolute Ruhe soll Hanna also haben, so will es der Arzt.
Doch um Hanna herum ist es nie völlig still, sie ist niemals ganz alleine im Wohnzimmer, auch wenn die Mutter gerade einmal nicht da ist und die Großmutter ausnahmsweise nicht an ihrem Bett sitzt, um ihr eines der Gedichte aufzusagen, die sie vor vielen, vielen Jahren als Schülerin auswendig lernen musste und die die alte Frau noch immer jederzeit in ihrem Kopf hinter den blinden Augen ablesen kann: Buchstaben für Buchstaben, Wort für Wort, Zeile für Zeile, Gedicht für Gedicht.
Nicht lauter, als ihr Atem geht, spricht Hanna mit den Gesichtern, die ihr entgegenstarren und die Ausdruck,

Form und Wesen wechseln, wie es ihnen gerade passt. Großäugig sehen sie ihr einmal entgegen, offenmundig und gefräßig, dann wieder schmallippig und schlitzäugig.
Sie hält den Blicken jener Wesen stand, die die geschlossene Kastentür ihr gegenüber zum Halbleben erwecken. Sie nimmt es auf mit den Geistern im Holz, den Gesichtern der Riesen, Hexen, Feen, Bettlerinnen und bösen Königinnen, die Märchen entsprungen sind – oder dem Gedichteschatz der Großmutter.

Hanna hat natürlich nachgeforscht, ob die Gestalten auf der Holzoberfläche vielleicht in Wirklichkeit im Kasten drinnen wohnen oder vielleicht auch in dem großen Spiegel, der an der Innenseite der Kastentür angebracht ist.
Doch außer den ihr bekannten leblosen und harmlosen Dingen, wie die im rechten Winkel zusammengelegten, platt gebügelten Tischdecken, das Feiertagsgeschirr und die Bleikristallgläser, die nur Verwendung finden, wenn die geistlichen Würdenträger zu Besuch kommen, hat sie nichts entdecken können. Auch aus dem großen Innenspiegel hat ihr nur das eigene Gesicht entgegengeschaut.

„Das ist doch nur die Maserung des Holzes, die zeichnet die verschiedensten Muster“, hat die Mutter Hanna zu überzeugen versucht, als das Mädchen sie einmal in ihre Begegnungen mit den Kastenwesen einweihen wollte.
„Ja, ja, meine Kleine, du siehst schon richtig, ich kann sie auch erkennen“, hat ihr hingegen die Großmutter bestätigt.

Hanna hat der Großmutter dann die sich von einem Blick auf den anderen verwandelnden Gesichter haargenau beschrieben.
„Du darfst niemals Angst vor ihnen haben. Sie können dir nichts tun, denn sie können nicht aus dem Holz heraussteigen. Und auch nicht aus dem Spiegel", hat die Großmutter hinzugefügt.

Und damals hat Hanna bei sich beschlossen, sich niemals mehr vor dem Wohnzimmerkasten zu fürchten, möge er zeigen, was er wolle.

*im wort*
*laut der zärtlichkeit*
*voller gedächtnis*
*augen und mund*

## DER SCHREI

Fliederduft und Kuckucksrufe. Regenfeuchte Luft.
Ein gerade erst leer gefegter Himmel spannt sich blassblau über die Stadt. Der frische Morgen hat schon die Farben des Tages für sich beansprucht und die ersten Sonnenstrahlen dringen durch die Vorhänge. Sie tauchen Hannas Zimmer in ein helles, warmes Orange. Ein Maiorange, wie es Hanna nennt, denn nur für wenige Wochen im Jahr steht die Sonne genau im richtigen Winkel, um diese Färbung zu erzielen.

Noch einmal dreht sich Hanna zur Wand, damit das Tageslicht sie nicht endgültig wecken kann. Eine träge, wohlige Müdigkeit hüllt sie ein, als das Läuten des Telefons sie aus dem Halbschlaf hebt.
Das Klingeln im Nebenraum hat aufgehört und Hanna hört nichts mehr.
Die Mutter muss wohl abgehoben haben, denn das Mädchen hat vorhin ihre Schritte im Wohnzimmer durch die verschlossene Tür hindurch deutlich wahrgenommen.
Und jetzt herrscht im Nebenraum diese eigenartige Stille, eine starre, fast unwirkliche Stille ist das, die den Augenblick einfriert.

Dann dieser Schrei, ein heiserer, fremdartiger Schrei, der in ein kindhaft hilfloses Schluchzen übergeht und Hanna erstarren lässt.
Wie gelähmt liegt sie in ihrem Bett, unfähig aufzustehen, um der Mutter zu Hilfe zu eilen.
Vielleicht ist alles ja nur ein schlimmer Traum. Hanna träumt oft so lebendig, dass sie lange braucht, um das im Schlaf Erlebte von der Wirklichkeit abzutrennen.

Ihre Augen bleiben fest geschlossen und Hanna fürchtet, die Lider wären festgeklebt und sie würde niemals wieder sehen können. Ja, wahrscheinlich würde sie von nun an blind sein wie die Großmutter.
Sie hält sich die Ohren zu, um diesem unheimlichen Schluchzen der Mutter zu entkommen. *Was ich nicht höre, gibt es nicht. Was ich nicht sehe, gibt es nicht, das gibt es zumindest nicht für mich*, versucht Hanna sich einzureden, doch diesmal ist ein Zurück in Schlaf und Traum unmöglich.
Die Tür zu ihrem Zimmer fliegt auf und Hanna hört ihre Mutter die drei Worte sagen, die sich für immer in ihr sechzehnjähriges Gedächtnis einbrennen: „Mutter ist tot".
*Mutter ist tot. Die Großmutter ist tot. Tot Großmutter Mutter tot.*
Die einzelnen Wörter springen aus dem Satz, schwirren wild durcheinander und beginnen in Hannas Kopf herumzutanzen, einen Totentanz aufzuführen: *tot tot tot Mutter Mutter tot.* Die Wörter folgen ihrem eigenen Rhythmus, es ist ein roter, ein tiefroter Tanz.
Hanna hat keine Ahnung, wie lange sie so dagelegen ist, bevor sie die Augen endlich öffnet und die Mutter, die in der weit aufgerissenen Tür steht, anstarrt; bevor

sich ihre Hände von den Ohren lösen und sie das Weinen der Mutter hört; bevor sie aus dem Bett steigt, um die Mutter zu umarmen, sie festzuhalten, bis das Wimmern versiegt; bis die Mutter ihre Worte wieder gefunden hat, um Hanna sagen zu können, wann es geschehen ist, wie es geschehen ist.
Obwohl das alles bedeutungslos ist.

Vor zwei Tagen erst haben sie die Großmutter ins Krankenhaus gebracht, nach einem Sturz in ihrem Zimmer, bei dem sie sich den Oberschenkel gebrochen hat.
Doch niemand hat daran gedacht, dass es ein endgültiger Abschied von zu Hause sein würde.
„Das wird schon wieder", hat der Arzt versichert und „Es geht mir gut hier", hat die Großmutter noch am Tag vor ihrem Tod gesagt.
„Bis morgen, schlaf gut", hat sich Hanna von ihr verabschiedet und „Ja, bis morgen, Hanna", hat die Großmutter gesagt.

„Es war in der Nacht", sagt nun die Mutter und gibt wieder, was man ihr am Telefon vorhin mitgeteilt hat. „Im Schlaf ist der Tod gekommen. Sie ist einfach eingeschlafen."
Die Mutter redet weiter, aber Hanna kann ihr schon nicht mehr folgen.
*Tot Schlaf eingeschlafen Nacht es war Nacht Nacht Nacht Nacht Tot im Schlaf in der Nacht.* In Hannas Kopf ist die Hölle los.
Nur langsam verliert das Rot der tanzenden Wörter an Farbe, langsam blutet es aus, wird heller, heller, heller, wird weiß, schneeweiß. Dann kann Hanna die Wörter

nicht mehr erkennen, dafür hört sie die Stimme der Mutter wieder.
„Komm, wir fahren ins Krankenhaus."
Sie nimmt einen Koffer aus dem Kasten und legt frische Unterwäsche, das Lieblingskleid ihrer Mutter, eine dazupassende Strickjacke und die schwarzen Sonntagsschuhe hinein.

Sie sind schon im Stiegenhaus, als die Mutter plötzlich kehrt macht.
In der Wohnung öffnet sie den Koffer noch einmal, nimmt die Sonntagsschuhe heraus und legt statt deren die regendichten, strapazierfähigen Wanderschuhe hinein.
„Wer weiß, wie lang der Weg ist, den sie noch zurücklegen muss", sagt sie ganz leise, aber Hanna hört jedes Wort ganz genau.

*ohne fuß*
*zeile und kopf*
*ist alles in allem*
*schwimmen die wörter*
*sich frei*
*atmen sie weiter*

## WÖRTER, HEIMATLOS GEWORDEN?

Es sind unzählige weiße Sterne, die da an jenem Vormittag im Mai aus einem dunklen Himmel herausschweben und die sich unversehens im Augenblick ihrer Landung verwandeln: in durchsichtige Perlen, die eine Zeit lang unbewegt auf den glatten Grabsteinen liegen bleiben, bevor sie sich mit anderen Perlen vereinen und eine wässrige Kette bilden; oder auch in unruhige Tropfen, die sogleich in dünnen Rinnsalen von den schwarzen Regenschirmen, die ein fast geschlossenes Dach über Hanna und ihrer Familie bilden, herunterfließen.
Hannas Aufmerksamkeit gilt jedoch besonders jenen Schneeflocken, die mitten in den leuchtenden Augen der Löwenzähne auf den noch ungemähten Wiesen zwischen den Gräbern landen und nur zögerlich aus den geöffneten Blütengesichtern abtropfen.
Ja, wie oft hatte Hanna noch vor wenigen Jahren für die Großmutter die gelben Sonnen am Wegesrand gepflückt und ihr den Sommer in die Hand gelegt!
*Mit den Löwenzahnblüten beginnt der Sommer zu strahlen*, hat die Großmutter jedes Jahr schon im April gesagt und Hanna hat unermüdlich Blüte um Blüte von den Stängeln abgezupft, im Glauben daran, dass

so viel Leuchtkraft bestimmt auch eine noch so verdunkelte Welt erhellen müsse.
Doch waren es nicht nur die gelben Blüten, mit denen Hanna Farbe über die Schwärze gelegt hat. Vor allen Dingen ihre Worte haben Großmutters Lichtlosigkeit mühelos in lebhafte farbige Bilder zu verwandeln vermocht, ihnen ist es immer wieder gelungen, die Fenster zu einer Welt hinter den Augen zu öffnen.
So viel Farbe hat sie im Lauf der Jahre bestimmt in die Großmutter hineingeredet, dass deren Blindheit nicht mehr ganz so undurchlässig gewesen sein konnte. Damit tröstet sich Hanna nun. So hoch hat sie ihr den Himmel geredet und so tief das Grün des Waldes, so klar das Wasser und so bunt die Wiesen, dass die Landschaft hinter der Blindheit zweifellos sichtbar geworden ist.

Und jetzt streifen Hanna die Worte des Pfarrers, kalt wie der gerade aufkeimende Nordwind, der die Flocken durcheinander wirbelt und die Regenschirme umzudrehen versucht.
„Aus Staub bist du und zu Staub wirst du werden!"
Die Litanei des Geistlichen kämpft gegen den stärker werdenden Wind an, während die nasskalten Finger der Mutter Hannas Hand immer fester umklammern, während der Sarg mit der Großmutter immer tiefer in der Erdgrube versinkt, während Hanna denkt, ein Stück von ihrer Seele wird sich gleich loslösen und einfach davonfliegen, wie die Regenschirme im Wind, wie die versammelte Trauergemeinde, himmelwärts werden sie alle abheben, während die Großmutter für immer im Maul der Erde verschwinden wird.
„Gib ihr die ewige Ruh'!"

Der Pfarrer redet weiter und Hanna kommt es vor, als hätte er die ewige Ruhe schon zum hundertsten Mal herbeibeschworen und als hätte der Chor um sie herum auch zum hundertsten Mal geantwortet: „Und das ewige Licht leuchte ihr.“

Von wegen ewiges Licht! Was erzählt ihnen der Pfarrer da eigentlich! Im finsteren Sarg, unter der Erde, gerade dort soll der ewig hellste Ort des Universums sein? Die Herrlichkeit? Das ewige Leben? Die Auferstehung der Toten soll von dort aus stattfinden? Von dort unten soll auch die Großmutter auferstehen? Ja wann denn? Und wie? Als kleines Mädchen oder als alte Frau? Blind? Sehend? Und wenn wirklich? Als Jüdin? Noch einmal als Jüdin?

Hannas Gedanken haben einen geheimen, erbitterten Krieg gegen die Gebete und Prophezeiungen des Pfarrers eröffnet.
Und nun spürt sie, wie sich die klamme Hand der Mutter unvermittelt aus der ihren löst, sie hört plötzlich die Stimme der Mutter, sie sieht die Mutter zum Grab vortreten, mit festem Schritt, sie nimmt das Verstummen des Pfarrers wahr, sie hört die Stimme der Mutter, die zur Großmutter spricht, nur zur Großmutter, in die Erdgrube hinein, wie in einen Trichter, sie spricht Worte, die Hanna auswendig kennt, weil sie Mutter und Großmutter, seit sie denken kann, von Zeit zu Zeit immer wieder gemeinsam wie ein Gedicht aufgesagt haben.
Hanna versucht, sich an die jeweiligen Anlässe oder Auslöser für das Aufsagen dieser Zeilen zu erinnern, aber es war weder zu Weihnachten noch zu Ostern,

nein, zu keinem für Hanna offensichtlich erkennbaren Anlass haben sie diesen *Psalm* gesprochen, es geschah einfach immer wieder einmal, *irgendwann*, und, wie es Hanna nun in der Rückschau vorkommt, es geschah immer völlig *unvermittelt.*
Ja, und daran erinnert sich Hanna nun ganz deutlich: Die Großmutter hat ihr gesagt, dass dies die Worte des schönsten *Psalms* wären – von da her kennt Hanna das Wort *Psalm* überhaupt erst – und dass ihr diese Worte immer wieder Hoffnung geschenkt hätten und ihr auch immer wieder Hoffnung schenken würden, das wüsste sie ganz einfach, ja, und nun spricht die Mutter diesen *Psalm* mitten ins Grab hinein:
*„Ich hebe meine Augen auf zu den Bergen. Woher kommt mir Hilfe? Meine Hilfe kommt vom Herrn, der Himmel und Erde gemacht hat. Er wird deinen Fuß nicht gleiten lassen, und der dich behütet, schläft nicht. Siehe, der Hüter Israels schläft und schlummert nicht."*
Ganz allein spricht die Mutter. Hannas Lippen formen die Worte zwar automatisch mit, doch kein Ton entströmt ihrem Mund.

Ein Augenblick kann die Ewigkeit sein. Und die Ewigkeit ein Augenblick. Das weiß Hanna nun. Einen Augenblick und eine Ewigkeit lang steht die Zeit still. Wie der Wind, der sich wie auf Befehl gelegt hat, wie die Schneeflocken, die mitten in der Luft in der Schwebe verweilen, ohne zu fallen. Wie der Krieg in Hanna.

Schlagartig wird dem Mädchen klar, weshalb die Mutter der toten Großmutter anstelle der eleganten schwarzen Sonntagsschuhe im letzten Moment noch die abgetra-

genen Wanderschuhe angezogen hat, bevor der Sargdeckel für immer geschlossen wurde.
Der Weg nach Israel könnte lang werden. Das hat die Mutter dabei wohl in Betracht gezogen. Steil und steinig könnte er werden. Doch der Hüter Israels würde nicht schlafen, er würde die Großmutter nicht verlassen, er würde sie ans Ziel führen, endlich, darauf wollte die Mutter nun vertrauen, genauso wie es die Großmutter zu Lebzeiten getan hat.
Hanna hat Mutters Worte noch ganz genau im Ohr, die sie bei der Auswahl der Schuhe geflüstert hat: „Wer weiß, wie lang der Weg ist, den sie noch zurücklegen muss."
Ja, wer weiß. Aber gibt es denn überhaupt einen Weg? Und wenn, wohin führt er?
Die Mutter kann es nicht wissen.
Niemand kann es wissen.
Der Pfarrer genauso wenig wie alle anderen, auch wenn er so tut als ob. Er kann genauso wenig Gewissheit haben wie Hanna.
Gewissheit? Nein. Möglichkeit? Vielleicht.

Dieses eine Wort VIELLEICHT gewinnt in Hanna an Beharrlichkeit, es lässt sich nicht mehr davon abbringen, sich bei Hanna Gehör zu verschaffen. Es wächst in Hanna heran, bis es sie ganz ausfüllt und sich einfach nicht mehr ignorieren lässt.
Vielleicht, vielleicht war die Großmutter sogar schon angekommen in ihrem Israel, wer weiß, vielleicht hat sie die Wanderschuhe nicht einmal benötigt, vielleicht ist es nur ein einziger Schritt gewesen in dieses gelobte Land, vielleicht gar ein nahtloser Ortswechsel, über eine grüne, schmerzlose Grenze.

Und jene Welt, die einzig und allein der Großmutter gehörte, hinter den blinden Augen, die nach innen sehen konnten, vielleicht, ja, wer weiß, vielleicht ist diese Welt nicht gemeinsam mit dem Tod von Großmutters Körper untergegangen.
Ja, vielleicht ist diese Welt sogar Großmutters Israel.

Wer weiß, denkt Hanna, vielleicht können dort auch ihre Wörter eine neue Heimat finden.

*und sie sterben / dem märchen /*
*erzähler / ins wort*

## RASSENLEHRE

Draußen tobte ein schrecklicher Sturm. In den Bäumen vergessene Blätter, Papierfetzen, sogar Zweige trieben wie abgerissene Gliedmaßen durch die Vormittagsluft, das Fensterglas zitterte, durch das Himmelgrau drang ein unnatürliches Gelb. Das Geheul des Sturms war dem Dröhnen sich nähernder Kampfflieger nicht unähnlich und Katharina, die im ebenerdigen Klassenzimmer in der letzten Reihe saß, hoffte auf ein Wunder. Auch wenn dieses Wunder in einem Bombenangriff oder in einem zerstörerischen Unwetter bestünde, für sie könnte es nur Erlösung bedeuten.
Der gesamte Rest ihrer Hoffnung hing an einem solchen Naturereignis, das alle Regeln außer Kraft setzen, die Fensterscheiben eindrücken und die Dächer mit sich nehmen würde; das die Menschen zwingen würde zu flüchten, irgendwohin, ohne einander zu beachten – in die Keller oder hinaus, hinaus, weit fort, nur fort von hier. Jedes Fegefeuer draußen wäre besser als die Hölle hier in dieser unausweichlichen Enge des Klassenzimmers.

Katharinas Blick fiel auf ihre Füße, die auch in diesem nasskalten Dezember nur in Socken und löchrigen

Halbschuhen steckten. Mit dieser Aufmachung war sie nicht allein. Ihre Schwester Lisbeth, die die Gewerbeschule für angehende Modeschneiderinnen und Berufsschullehrerinnen zwei Klassen über ihr besuchte, aber auch die anderen Schülerinnen der Anstalt, hatten in diesen Kriegsjahren weder das nötige Geld noch die Mittel für angemessene Winterbekleidung.

Mit einer anderen Sache war Katharina jedoch völlig einsam unter ihren fünfundzwanzig Mitschülerinnen: mit der ohnmächtigen Angst vor dem Spezialisten für Rassenlehre. Er war für den Vormittag angekündigt und Katharina, die schon jahrelang mit der Furcht vor Entdeckung leben musste, verspürte nun einen derartigen Druck auf ihrer Brust, dass sie meinte, sie könne daran sterben. Die Angst könne den Atem lähmen und den Herzschlag erdrücken. Vielleicht wäre das auch das Beste.

So ohnmächtig dem Schicksal ausgeliefert hatte sie sich noch nie zuvor gefühlt wie in jenen Augenblicken, in denen Frau Leeb, die Schulleiterin und Katharinas Lehrerin für Biologie und Modezeichnung, vor Unterrichtsbeginn die Visite des *Rassenspezialisten* verkündete.

Katharina war nicht entgangen, dass Frau Leeb bei der Bekanntgabe der Ankunft des Ministerialbeamten ungewöhnlich blass gewirkt, ihre Stimme leicht gebebt und die schriftliche Ankündigung des Vortragenden in ihrer Hand gezittert hatte. Nicht so stark, dass es die anderen Mädchen bemerkt hätten, aber Katharina hatte dieses innere Beben dieser sonst so unerschütterlichen und scheinbar furchtlosen Frau genau registriert. Denn sie, Katharina, kannte als einzige den Grund für die Angst, die nun auch die Schulleiterin erfasst hatte: Sie und ihre Schwester Lisbeth waren die Quelle der Gefahr. Ihretwegen ging es um Leben und Tod. Und nicht nur das Leben der beiden Mädchen, auch das der Schulleiterin stand nun mit der unabwendbaren Ankunft des Rassenfanatikers auf dem Spiel. Frau Leeb, die als *aufrechte Parteigängerin* galt, hatte erst Lisbeth und zwei Jahre später dann auch noch Katharina den Zutritt in ihre Schule ermöglicht, indem sie das gemacht hatte, was ihr wohl niemand zugetraut hätte: Sie hatte die beiden Mädchen unter *arisch* registriert, obwohl sie keinen *Ariernachweis* vorlegen konnten.

Und nun könnte die Visite des Ministerialbeamten mit einem Mal den dünnen Sicherheitskokon, den Katharinas regulärer Schulbesuch darstellte, durchbrechen. Der Spezialist für *Volksreinheit* könnte ohne Weiteres Frau Leebs Aufzeichnungen in den Klassenkatalogen in Frage stellen und die nötigen Dokumente anfordern, die Katharinas Abstammung ans Licht brächten.
Es wäre das Ende. Auch das der Lehrerin, der wichtigsten Beschützerin, ohne die die beiden Schwestern niemals hier wären – *sondern* ...
Und dieses unvorstellbare *Sondern* war mit einem Mal durch die bevorstehende Ankunft des Beamten für *Rassenhygiene und Volksgesundheit* in bedrückende Nähe gerückt.
Mit einem kalten Windstoss kam der fast schmächtig wirkende Mann in schwarzem Anzug und Hakenkreuzbinde um den Oberarm in das Klassenzimmer. Katharina war, als ob ihn eine Sturmböe hereinbefördert hätte. Sie blickte von ihren Füßen auf und diesem hereingewehten Mann direkt ins Gesicht.

Sie *musste* es mit ihm aufnehmen, Fluchtgedanken und Unsichtbarkeitswünsche im Gesicht wären verräterisch. Mit einem Mal war ihr Zittern geglättet, das Beben verebbt, nur ein großer, dunkler Hass diesem Mann und dem Regime gegenüber, dem er und alle, alle angehörten, füllte sie aus.
Gemeinsam mit den anderen Mädchen sprang sie auf, den rechten Arm zum Hitlergruß erhoben.
„Heil Hitler!", rief der Abgesandte den Mädchen entgegen, so laut, als müsse er eine ganze Heerestruppe befehligen.
„Setzen Sie sich doch!", fuhr er dann mit leiserer, seiner Gestalt entsprechender Stimme fort.
„Es freut mich ungeheuer, hier inmitten einer Gruppe strammer deutscher Mädchen über dieses wichtige – ich will sagen –, das allerwichtigste Thema unserer großen Zeit und unseres Reiches zu sprechen: der Reinhaltung unserer Rasse. Ich möchte dabei mit einem Zitat unseres Führers beginnen: *Die gesamte politische Bildungs- und Erziehungsarbeit muß ihre Krönung finden, dass sie den Rassesinn und das Rassegefühl instinkt- und verstandesgemäß in Herz und Gehirn der ihr anvertrauten Jugend hineinbrennt. Es soll kein Knabe und kein Mädchen die Schule verlassen, ohne zur letzten Erkenntnis über die Notwendigkeit und das Wesen der Blutreinheit geführt worden zu sein.* Nun, was will uns der Führer damit sagen?"
Der Rassenspezialist unterbrach seine Rede und ließ den Blick von einer Schülerin zur anderen gleiten. „Nun, nicht so schüchtern, meine Damen! Ich bin sicher, Sie alle wissen die Antwort. Wer denn nur könnte unsere Rasse verschmutzen, wenn wir es denn zuließen? Sie da, in der ersten Reihe, geben Sie uns doch die Antwort!"

„Der Jude", antwortete das Mädchen in der ersten Reihe.
„Lauter, das haben Ihre Kolleginnen in den letzten Reihen bestimmt nicht gehört. Wer ist der größte Feind unseres Volkes, den es mit allen Mitteln, mit allen!, auszulöschen gilt?"
„Der Jude!", schrie nun das Mädchen beinahe und Katharina erschien dieser Ausruf wie ein Hilferuf.
„Ganz genau, der Jude!"
Während er das Wort *Jude* aussprach, schnitt er eine abscheuliche Grimasse, gerade so, als ob er gerade auf ein fauliges Stück Fleisch gebissen hätte.
„Und damit Sie diese kranke Kreatur, diesen Schmarotzer und Volksschädling auf Anhieb erkennen und erst gar nicht in die unzumutbare Lage kommen, mit dieser Missgestalt in Kontakt treten zu müssen, will ich Ihnen zu Beginn dieser Stunde erst einmal ein paar theoretische Informationen über die körperlichen und auch geistigen Merkmale dieser Spezies zukommen lassen. Erst die Theorie, dann die Praxis."
Er lachte kurz auf und öffnete seine Aktentasche.
„Mein Zauberkasten", sagte er beinahe vergnügt.
„Mit Hilfe des Maßstabes und des Lineals lässt sich jeder Jude entlarven. Jeder! Und natürlich jeder Arier bestätigen! Aber dazu kommen wir nach der Theorie."

Katharinas Blick schwenkte nun von dem nichts sagenden, glatten Gesicht des Mannes auf die Utensilien, die er gerade aus der Aktentasche hervorgeholt hatte.
*Und wenn sie doch Recht haben? Wenn man die Rasse ausmessen kann? Wenn er es kann? Wenn er es an mir kann? Was dann? Was? Was?*
Diese Gedanken nahmen von Katharina Besitz, so sehr, dass sie den Ausführungen dieses selbstgefälligen Ras-

sisten nicht mehr wirklich folgen konnte. Seine Worte würden sie nicht in den Tod führen, aber vielleicht sein Maßstab, sein Lineal.

*Lasst euch nur keine Angst anmerken, man kann es euch nicht ansehen!*

Katharina erinnerte sich an die Worte der Mutter, die die Töchter, so gut sie konnte, immer wieder auf gefährliche Situationen vorzubereiten versuchte.

Nun hielt sich Katharina an diesen Worten fest, klammerte sich an sie, so fest, dass sie dem Schwachsinn des Rassespezialisten wieder folgen konnte.

„Also, aufgepasst: Man erkennt den Juden sofort an seiner Gestalt, der Körpergröße, der Haarfarbe, der Schädelform und am Gesicht. Während der arische Mensch von harmonischer Gestalt und ebenmäßigen Gliedmaßen geprägt ist, nach einem gewissen Ideal von Ebenmaß, Vollkommenheit und Schönheit, ist der Jude plump und gedrungen, sein Leib wirkt schlaff. Ja, meine Damen, erheben Sie sich doch alle einmal, sehen Sie sich gegenseitig genau an und sie können den Unterschied erkennen: Sie alle sind frisch, stramm, kräftig und gewandt. Mit einem Wort: junge, deutsche, arische Frauen. Und diese Reinheit muss gewahrt werden. Mit allen Mitteln!"

Er machte eine künstlerische Pause, Frau Leeb brachte ihm ein Glas Wasser und die Mädchen betrachteten einander pflichtgetreu und schweigend.

„Fahren wir fort. Sie dürfen sich natürlich wieder setzen. Weiters wird der Jude erkannt an seiner großen, fleischigen Hakennase, einem schwachen Kinn, an der stark hängenden Unterlippe und einem geierartigen Vogelkopf."

Nun nahm der Vortragende aus seiner Aktentasche noch einen mit einem Gummiring zusammengehaltenen Stoß Ansichtskarten heraus, auf denen verschiedenste Monstergestalten abgebildet waren, die alle *den Juden* darstellen sollten. Diese Karten zeigte er eine nach der anderen den Mädchen zur Illustration seines Vortrages.

„Nun, was sagen Sie dazu?", fragte er in die Klasse hinein, aus der kein Laut und keine Bewegung zu ihm dringen wollten.

Unheimliche Starre erfüllte mittlerweile den Raum und das spitze Lachen des Vortragenden schien Katharina von weit her zu kommen. Die Hölle war etwas abgerückt.

„Gefallen Ihnen meine Postkarten?", fragte er weiter, in der Annahme, die Spottbilder müssten die Mädchen einfach zum Lachen bringen. Aber alle schauten ihn weiter schweigend, ohne eine Miene zu verziehen, an.

„Sie sind sehr aufmerksam. Sehr aufmerksame, ernsthafte junge Damen sind Sie. Kompliment!", schlug er nun eine andere Richtung ein und setze seine Rede fort: „Weiters verströmt der Jude einen sehr starken, sehr unangenehmen Körpergeruch! Und: Er ist sehr empfänglich für alle psychisch-nervösen Leiden wie Epilepsie, Depressionen, Schizophrenie und Schwachsinn. Ganz zu schweigen von seiner allgemein bekannten verbrecherischen Neigung."

Der Vortragende hielt abrupt in seiner Rede inne, es schien ihn plötzlich nicht mehr sonderlich zu interessieren, vor diesem Publikum das Thema weiter theoretisch zu erörtern.

„Ich denke, es ist Ihnen mehr als klar geworden, dass derlei Kreaturen in unserem anständigen, rechtschaffenen Deutschen Reich keine Lebensberechtigung

haben und dass wir uns vor ihnen schützen müssen. Mit allen Mitteln!"
So schloss er den theoretischen Teil und wandte sich Maßband und Lineal zu.
„So. Und nun zu Ihnen. Wer stellt sich als Modell zur Verfügung? Bei so vielen hübschen Damen fällt mir die Wahl viel zu schwer. Also: Nicht so schüchtern. Ich beiße Ihnen nicht den Kopf ab."
Nur sein Lachen war zu hören.
„Sind Ihre Schützlinge immer so zurückhaltend?", wandte er sich an die Lehrerin.
„Sie sind eben sehr konzentriert", sagte diese kurz und wollte ihrerseits schon ein Mädchen vorschlagen, als sie der Spezialist unterbrach.
„Wie wäre es mit Ihnen?" Seine Augen waren zielgenau auf Katharina gerichtet. Sie war wohl die Einzige in der Klasse, die seinem Blick standgehalten hatte und mit ihren Augen nicht auf einen imaginären Punkt im Klassenzimmer geflüchtet war.
Ohne zu zögern, ging sie nach vorne.
*Man kann es euch nicht ansehen.* Mutter hätte es nicht gesagt, wenn es nicht stimmen würde.
„Sie ist unsere Beste", begleitete sie Frau Leebs Stimme, als sie automatisch Schritt auf Schritt setzte, bis sie dem Mann direkt gegenüberstand.
Die Stimme von Frau Leeb verschmolz in diesen Augenblicken mit jener der Mutter. *Sie ist unsere Beste* war gleichbedeutend geworden mit *Man kann es euch nicht ansehen*, es waren die wichtigsten Sätze in ihrem Leben, der Faden, an dem es hing.
„Was soll ich tun?", fragte das Mädchen mit fester Stimme und schaute ihrem Vermesser weiterhin direkt in die Augen.

„Hübsches Fräulein, wenn Sie sich bitte hier auf diesen Stuhl setzen. Ja, genau so, Rücken durchstrecken, Kopf gerade. So ist es schön. Wie heißen Sie denn?"
„Katharina."
„Schöner Name. Wenn Sie sich bitte ein paar Minuten lang ganz ruhig halten."
Katharina konzentrierte sich nur darauf, still zu sitzen, ganz still, nicht zu zittern und die Anweisungen des Mannes genau zu befolgen. Von dem, was er während seiner Vermessungen erklärend zur Klasse sprach, nahm sie lediglich Bruchstücke wahr. „Gerade Nase", hörte sie, „kräftiges, dunkelblondes Haar", „Stirn und Kinn in optimaler Linie" und schließlich – „Prototyp eines deutschen Mädels".
Als sie sich auf ihren Platz zurückbegab, kam sich Katharina schwerelos wie ein Vogel vor. Alle mussten sehen, dass sie flog. Sie konnte nichts anderes fühlen. Nur Schwerelosigkeit.

Katharinas Traum,
seit jenem Tag immer wiederkehrend:

*Wiesenaugen, blindgefroren, ich sehe euch, ihr seht mich nicht, ein Kinderspiel im Zug, das Zaubertuch ist vor das Fenster gespannt, der Vorhang der Dämmerung gefallen, blauviolett, die Farbe der Verwandlung.*
*Schon weiten sich die Pupillen draußen auf dem Winterfell, verschlingen alles Licht, alles Weiß rundherum, verschmelzen ineinander, dunkle Teiche zu dunklen Seen, dunkle Seen zu einem einzigen lippenlosen, riesigen, geöffneten Mund. Schwarz krönt sich die Nacht zur Königin.*
*Kinderaugen, meine Augen, die Königin macht aus dem Vorhang einen Spiegel, Hokuspokus, wer bin ich, wer bist du, wer fürchtet sich vorm schwarzen Mann, niemand, und wenn er aber kommt, dann laufen wir davon, wohin, die Schwärze der Nacht ist allgegenwärtig, sie begnadigt keinen Spalt, keine Ritze, spürt Ungeheuer auf, nimmt sie an die Leine und lässt sie wieder laufen, lässt sie alle mit Vergnügen wieder laufen. Wie viele Schritte erlaubst du mir, Riesenschritte, Zwergenschritte, keinen, keinen.*
*Ich sehe dich, du siehst mich, so schnell ist das Spiel ein anderes, es fliegt es fliegt der Teppich, so schnell fliegt der Teppich draußen, ohne mich, ohne die Frau im Spiegel, wir bleiben hier, mit goldenen Schlangen im Haar, wer ist die Schönste hier im Land, mit roten Äpfeln zwischen den Zähnen, die töten, ihr Gift ist süß und tötet sanft. So groß die Augen, so golden das Haar, so rot die Lippen, ach wie gut, dass niemand weiß, wie ich heiß, wie ich heiß.*
*Wiesenaug. Zaubertuch. Kinderspiel.*

*im spiegel des widersinns*
*stürmt die stimme*
*wird lahm sein ist taub*

## SPIEGEL ROT GERAHMT

Es soll eine zwanglose Unterrichtsstunde werden. Eine „ohne Stoff", also streng genommen gar keine richtige Unterrichtsstunde, sondern nur eine „Stunde".
Die Tafel ist noch von der Vorstunde mit mathematischen Formeln voll gekritzelt, verschiedenste Handysounds mischen sich in den Klangteppich.
Einige Mädchen tragen bunte Schleier, die ihre Gesichter umrahmen.
In einem Anflug von Großzügigkeit hat Hanna ihren Schülerinnen und Schülern erlaubt, sich vom Pizzaservice Pizzas ins Schulhaus liefern zu lassen. Das gibt noch mehr Mist, aber was soll's. Heute hält sie diese Großzügigkeit aus, es ist schließlich die letzte Stunde vor den Weihnachtsferien und allein diese Aussicht macht weitherzig.
„Der Pizzaservice hat noch geschlossen. Vor 12 Uhr sperren die nicht auf!", verkündet eines der Mädchen lauthals.
Es ist 10 Uhr.
„Warum habt ihr euch da nicht besser erkundigt? Echt blond! Was machen wir nun? Verhungern?", meckert ein Klassenkollege. Hanna hält sich erst einmal aus der Debatte heraus. Sollen sie sich doch selbst darum kümmern, wie sie an Essbares kommen.
„Du Arsch! Bestell dir doch selbst was!", kontert die

angesprochene Blonde.
„Wir könnten uns vom Kebab-Stand was kommen lassen. Ich kenn den Besitzer gut!"
Diese Idee kommt von einem der verschleierten Mädchen, das wie in jeder Unterrichtsstunde einen rot gerahmten Spiegel vor sich stehen hat. Weshalb weiß keiner, vielleicht denkt sie, Spiegel brächten Glück.
„Ja, Kebab ist sowieso geiler als Pizza!", stimmt die Freundin, die neben ihr sitzt, bei.
„Blöde Türkenweiber!"
Marc hat das gesagt, leise, das erste Mal in dieser Stunde ist es ganz still geworden im Klassenzimmer, er hat es einfach so vor sich hingemurmelt und alle starren ihn nun stumm an, als er weiterredet, wie zu sich selbst, den Blick auf die Bank vor ihm geheftet.
„Wir haben Deutsch, nicht Türkisch, sollte euch das entgangen sein. Eure beschissene Sprache wollen wir sicher nicht lernen und euren Fraß könnt ihr euch auch behalten", fährt er fort, die Stimme im Crescendo.
Und während Marcs Stimme steigt und steigt, fällt Hanna. Hanna hört gar nicht mehr auf zu fallen. Sie fällt aus dieser Unterrichtsstunde genauso heraus wie aus diesem Tag, aus diesem Jahr, aus diesem Leben, das sie umgibt.
Jahr um Jahr fällt sie zurück, von weit her nur hört sie die Stimmen um sie herum, das Zersplittern von Glas, von weit her sieht sie blinkende Sterne inmitten der Scherben auf dem Fußboden des Klassenzimmers aufblitzen. Der Spiegel des verschleierten Mädchens ist aus dem Rahmen gefallen. Wie Hanna, die weiter fällt, zurück in die Vergangenheit, bis sie in einem Klassenzimmer in der Stadt ihrer Kindheit landet.
In einem ganz anderen und doch sehr ähnlichen Cres-

cendo.

## DIE GROSSMANN

„Jetzt sing doch endlich! S I N G E N sollst du! Du dumme Gans, hast du jetzt dein Gehör und deine Stimme verloren?“ Die Stimme der Oberlehrerin ist schärfer als die Klinge des großen Messers mit dem Holzgriff, das Hannas Vater jeden Sonntagvormittag mit dem Schleifstein zum Blitzen bringt.
„Wenn du jetzt deinen Mund nicht sofort aufmachst und zu singen beginnst, na dann!“
Diese Drohung der Grossmann reißt Hanna aus ihrer Erstarrung. Die Angst vor der Lehrerin ist größer als die Scham, die sie bei der Vorstellung verspürt, nun gleich vor fünfunddreißig Kindern alleine singen zu müssen.

Die Angst vor der Lehrerin ist mitunter sogar größer als alles andere auf der Welt: größer als die Lust zu spielen, größer als der Hunger und größer als die Müdigkeit in der Nacht.
„Kein schöner Land in dieser Zeit, als hier das uns're weit und breit“, beginnt Hanna nun doch zu singen, als sie die Aussichtslosigkeit einer Verweigerung erkannt hat. Dabei versucht sie, das Klassenzimmer mit-

samt den Mitschülerinnen und der Oberlehrerin auszublenden und sich vorzustellen, zu Hause im Stiegenhaus nur der Großmutter vorzusingen, ihretwegen auch noch der Leitinger von der Mansarde, die schließlich immer sagt: „Die Hanna singt wie ein Engerl."
Ja, das stellt sich Hanna nun vor und singt, alle drei Strophen des Liedes singt sie, hell und klar, bis zur letzten Zeile: „Gott mag es schenken, Gott mag es lenken, er hat die Gnad'."
„Na, geht doch! Wunderbar! Aber zuerst stur wie ein Bock! Ja, stur! So seid ihr eben!", sagt die Grossmann erst gefährlich leise, um dann die Stimme steigen zu lassen wie einen Drachen im Herbstwind.
„Wo du doch so glockenhell singen kannst, wirst du uns dieses Jahr anlässlich der großen Schulfeier am Nationalfeiertag die Bundeshymne alleine vortragen. Du willst doch schon immer, dass dir alle zuhören. Oder etwa nicht?"

Hannas Gedanken sind mit dem Auftrag der Grossmann gnadenlos aus dem Stiegenhaus mit der Großmutter und der Leitinger wieder zurück ins Klassenzimmer befördert worden. Was hat die Lehrerin da gerade von ihr verlangt? Dass sie alleine vor so vielen Menschen ...?
Nein, unmöglich, das liegt jenseits der Schmerzgrenze, das geht einfach nicht.
„Das willst du doch, oder? Gib Antwort! Ich rede mit dir!"
Die Lehrerin schreit nun mitten in das Schweigen hinein, wie die Samstagmittagsirene fährt ihre Stimme höher und höher.
„Bitte nicht! Das kann ich nicht", flüstert Hanna.

„Das kannst du nicht? Was sagst du da?“, brüllt die Grossmann. „Du wagst es, mir zu widersprechen?“
Die Augen der Frau gleichen nun explodierenden Kugelblitzen und das Liederbuch in ihrer Hand landet so oft auf Hannas Kopf, bis einige lose gewordene Blätter herausfallen und zu Boden segeln.
*Der Mond ist aufgegangen* landet genauso wie *Heißa Kathreinerle* und *Im Frühtau zu Berge* auf dem blank polierten Parkett.
Die harten Schläge haben jedoch auch ihr Gutes: Sie betäuben nach einer Weile nicht nur den Schmerz, sondern auch die Angst in Hannas Kopf.
Mit einem Mal kommt sich Hanna dem Ablauf der Vorgänge hier überhaupt nicht mehr zugehörig vor.
Sie spürt gar nichts mehr, soll sich die Lehrerin doch verrücktschreien und den Buchdeckel auf ihrem Kopf kaputtschlagen!
Dem Mädchen kommt nun all das, was sich hier abspielt, wie eine Szene aus einem Film vor, der sie als Zuseherin, nicht aber als Mitspielende beiwohnt, und die sie wie von zu Hause gewohnt sofort in Worte übersetzt, damit auch die Großmutter den Film *sehen* kann: in ihrem Kopf nämlich, hinter den blinden Augen. Und die Großmutter soll auch diesen Film hier unbedingt *sehen*!

Ganz unverblümt mustert Hanna nun die sonst so gefürchtete Lehrerin von Kopf bis Fuß und ihre Gedanken verwandeln alles, alles, was sie sieht, in stumme Wörter.
Schließlich bleibt der Blick des Mädchens an dem Unterhemd der Lehrerin haften, das aus dem Ausschnitt hervorlugt. Was für ein hässliches Stück Stoff auf

einer hässlichen, zerknitterten Haut, denkt Hanna. Was für eine hässliche Frau die Grossmann doch ist! Sie ist genauso hässlich wie böse, genauso hässlich wie ihr Unterhemd, das nicht einmal eine Farbe hat. Das nicht weiß ist, nicht gelb und nicht einmal grau. Das wie die Haut der Grossmann ist, und diese Haut ist farblos.

Die Frau mitsamt ihrem Unterhemd ist farblos, denkt nun Hanna, und was überhaupt keine Farbe hat, kann auch nicht leben. Und wenn es noch so schreit. Und wenn es noch so zuschlägt.
Und was nicht lebt, kann nicht wehtun. Niemals. Genauso wenig wie die Kastenwesen im Wohnzimmer zu Hause. Das hat ihr doch die Großmutter versichert.

*in der dunkelkammer*
*des erinnerns*
*sucht die stimme*
*den aus*
*klang*

## DER LUFTSCHUTZKELLER

Die Wohnung ist alt geworden. Alt und still wie ihre einzige Bewohnerin. Leer und einsam wie ein verlassenes Vogelnest sind die fünf Zimmer im zweiten Stock des dickwandigen „Kriegsbaus“ geworden, in denen der Platz früher einmal stets zu wenig war für die sechsköpfige Familie.
Wie oft ist doch das kleine Badezimmer für Hanna der einzige Ort gewesen, in dem sie sich eingeschlossen hat, um für kurze Zeit Ruhe zu finden!
Seit dem Tod von Hannas Vater ist fast immer nur die kleine Wohnküche geheizt, in der sich Hannas Mutter die meiste Zeit über aufhält. Die Küche ist der Raum, in dem sie die immer weniger werdenden Mahlzeiten zu sich nimmt, die immer mehr werdenden Medikamente schluckt, liest und vom Fenster aus den Wechsel der Jahreszeiten beobachtet.
Die Küche ist die kleine Welt der alten Frau geworden.

Regelmäßig kommt Hanna angereist, um die Mutter zu besuchen.
Auch an diesem Nachmittag schweben Hannas wohl überlegte, deutlich artikulierte Worte über den Tisch zwischen ihnen, die Frau ihr gegenüber versucht sie aufzufangen. Doch hat sie große Mühe zu verstehen.

„Taubheit ist schlimmer als Blindheit", sagt Hannas Mutter, „sie macht dich zum Idioten, zum Narren macht sie dich, zu einer lächerlichen Erscheinung. Zu einem Clown macht dich die Taubheit, Hanna, zu einem Clown, der die anderen ungewollt zum Lachen bringt, weil er immer die unpassenden Antworten gibt. Und weißt du, niemand macht sich die Mühe, dir die Dinge zu *erklären*. Die Leute schreien dich an und denken dann, so musst du sie verstehen. Aber an der Lautstärke liegt es nicht. Wenn sie nur langsam und deutlich sprechen würden, so wie du, dann könnte ich ja verstehen. Aber sie schreien! Es ist schlimm, wenn sie schreien!"
Hanna hat Mitleid. Das Telefon klingelt. Die Mutter hört es nicht und Hanna hebt nicht ab. Sie möchte die Mutter vor einer weiteren Niederlage bewahren.

„Eine Bitte hab ich noch", sagt die Mutter, als sich Hanna schon zur Abfahrt vorbereitet.
„Könntest du mir das Fahrrad in den Keller tragen? Zum Überwintern. Ich brauch es erst im Frühling wieder." Und leise fügt sie hinzu: „Wenn ich dann noch Rad fahren kann."
„Ja, sicher", sagt Hanna und spürt Beklemmung. Einerseits wegen der Andeutung der Mutter, möglicherweise das nächste Frühjahr nicht mehr zu erleben, und andererseits wegen des Kellers.
Denn wie immer, wenn sie in den Keller muss, um irgendetwas für die Mutter in die Wohnung hinaufzutragen, Marmelade oder Kartoffeln, oder etwas hinunterzubringen, ausgediente Gießkannen, Kohlenkübel oder eben wie jetzt das Fahrrad, stockt kurz ihr Atem.

„Mach ich dann gleich“, sagt sie und lächelt die Mutter an, die nicht wissen soll, dass ihr dieser Keller unheimlich ist, dass schwarze Gespenster aus der Kindheit noch immer dort unten wohnen, dass sie zum kleinen Mädchen wird, das sich vor Ratten, Kriegsgeschichten, Totenköpfen und betrunkenen Nachbarn fürchtet, sobald sie die dicke Eisentür öffnet, die den unterirdischen Raum von der Außenwelt abtrennt.

Hanna scheint, als ob die Erinnerungen an diesen kalten, düsteren Keller in ihrem Kopf ebenso fest eingeschlossen wären wie die Dinge im Kellerabteil.
„Schickt doch die Buben hinunter!“, hört sie die Großmutter immer noch sagen. „Für die Kleine ist das nichts.“
Für die Kleine mit der wirren Fantasie, bei der sie die Zimmertür vor dem Einschlafen immer angelehnt lassen mussten, damit etwas Licht zu ihr hineingelangen konnte, sie die beruhigenden Geräusche von draußen hörte und die Stimmen in ihrem Bett nicht übermächtig wurden. Für die Kleine, die im Schlaf redete und herumging, die von Riesenschlangen erzählte, die auf der Türkante übernachteten und von einem großen Ungeheuer, das nur darauf wartete, bis sie eingeschlafen war, um sich dann an sie zu drücken.

Die Kellerbilder sind in Hannas Gedächtnis unauslöschbar abgespeichert, wie etwa jenes der gigantischen Ratte, die mit großen leuchtenden Augen Hanna vom Marmeladenregal aus angeschaut hat.
Den Totenkopf, den der große Bruder, damals Medizinstudent, für Studienzwecke besorgt und im Luftschutzkeller, zwischen eingelegten Gurken und Birnenkompott, zwischengelagert hat, sieht sie detailgenau vor sich,

er erscheint ihr sogar jetzt noch gelegentlich zwischen Halbschlaf und Schlaf.
Der Ausgang der Begegnung Hannas mit dem Knochenkopf liegt jedoch im Dämmerlicht ihrer Erinnerung. Manchmal meint sie, den Bruder und sein amüsiertes Lachen hinter ihr wahrgenommen zu haben, als beim Anblick des knöchernen Kopfes ihr Herz vor Schreck zu zerspringen drohte; dann wiederum vermeint sie anstelle des Bruders den betrunkenen, von seiner Frau in den Keller verbannten Nachbarn gesehen zu haben, mit einem langen Messer in der Hand, mit dem er sich, auf den zum Holzhacken bestimmten Baumstamm gestützt, von einem großen Stück Speck Scheiben heruntergeschnitten hat.

„Hier im Luftschutzkeller haben wir stets Schutz gefunden", hat der Vater immer wieder gesagt und dabei einen ähnlich verklärten und respektvollen Gesichtsausdruck angenommen wie im Gespräch über Gott, die Kirche und die Geistlichkeiten.

**(Ein Tagebucheintrag, undatiert)**

*Lauf nicht um dein Leben, Mädchen, dorthin, wo die Gräser blühen, führt kein Weg*
*und dort, wo der Wolf wohnt, wächst der Wald, dort bäumt sich der Wald, unaufhaltsam*
*die Schritte, der Atem, so nah und so heiß, und im Namen der Liebe, im Namen des Herrn*
*dein Herzschlag in seinem Maul, zwischen Engelsflügeln, die schneiden, nicht tragen,*
*die messerscharf schneiden*
*dein Samtgesicht weint.*

*tief in der zeit*
*ist die lüge*
*schicksal*

## DER ÖLLINGER

„Und, hat er wieder ordentlich Trinkgeld springen lassen?“, fragt die Mutter Hanna, die mehrere Stufen auf einmal nehmend heraufgaloppiert kommt, in die Küche stürmt und Unmengen von Himbeersaft, der schon am Tisch für sie bereitsteht, in sich hineingießt. So froh, wie sie ist, die ungeliebte Aufgabe so schnell wie nur möglich hinter sich gebracht zu haben, so gierig trinkt sie nun, ganz so, als hätte sie nach Stunden in der Wüste endlich die rettende Oase erreicht.
„Ja, wie immer halt“, antwortet Hanna, noch immer außer Atem.
Sie weiß sofort, wen die Mutter mit dem großzügigen Trinkgeldspender meint: den Öllinger, wen denn sonst als diesen Mann, der mit seiner Frau im ersten Stock des Nachbarhauses wohnt und dem sie jeden Samstagnachmittag das *Kirchenblatt* zustellt. Oder besser gesagt: zustellen muss. Denn diesen *Dienst an der Gemeinschaft* verlangt der Vater von Hanna mit folgendem Argument: „*Wenn die Buben ministrieren, kann die Kleine zumindest das Kirchenblatt austragen.*“ Ja, darauf besteht der Vater, da hilft kein Protestieren.

Hanna bringt die Kirchenzeitung natürlich nicht nur dem Öllinger direkt ins Haus, sondern noch weiteren siebzehn Mitgliedern der Pfarre Herz Jesu, die allesamt mehr oder weniger in Hannas Nachbarschaft wohnen.

Warum ihr gerade der Öllinger immer zu den zwei Schillingen für die Kirchenzeitung noch eine silbern glänzende Fünf-Schilling-Münze in die Hand drückt, kann sich Hanna nicht wirklich erklären.
Vielleicht, weil er, wie die Leute sagen, *in Geld schwimmt* und daher gar nichts dagegen hat, Kleingeld loszuwerden. Für einen steinreichen Mann ist eine Fünf-Schilling-Münze womöglich wirklich nur unnötiges Gewicht in der Geldbörse, mutmaßt Hanna. Warum der Öllinger *in Geld schwimmt*, kann sich das Mädchen allerdings schon denken: Schließlich war er Bankdirektor, *war*, denn seit ein paar Monaten ist er nun Bankdirektor *in Ruhe*, so steht es auf dem für ihn bestimmten Kirchenblatt. *In Ruhe* steht da nach dem Namen und vor der Adresse.
Ja, seit ein paar Monaten ist er *in Pension*, hat die Mutter bestätigt und hinzugefügt: „Aber der verdient in der Pension noch immer viel mehr als jeder andere, der hart arbeitet."
Ja, das muss der Grund für seine Freigiebigkeit sein.
Denn ansonsten ist der Öllinger nicht gerade überschwänglich freundlich zu Hanna, ganz und gar nicht. Dem Mädchen ist sogar gleich bei ihrem ersten Besuch aufgefallen, dass er ihr nicht einmal direkt in die Augen geschaut hat, sondern – wie ihr vorkam – auf die Stelle zwischen den Augenbrauen. Das tut doch sonst niemand! Sogar der Blick der blinden Großmutter trifft immer punktgenau Hannas Pupillen, wenn sie mit ihr spricht.
Aber der Öllinger redet auch nie länger mit Hanna, streng genommen kennt das Mädchen nicht einmal die Stimme dieses Mannes wirklich, fragt er sie doch im Gegensatz zu den anderen Kirchenblattbeziehern

nie irgendetwas Persönliches wie etwa: Wie geht es der Großmutter? den Eltern? den Brüdern? Wie läuft es in der Schule? Und so weiter und so fort.
Aber der Öllinger, der sagt rein gar nichts, außer *danke*. *Danke* ist das einzige Wort, das sie zu hören bekommt, aber dieses Wort ist viel zu kurz und auch zu leise gesprochen, um die Stimme wirklich auszufüllen.
Ein einziges Mal hat er noch etwas gemurmelt, nein, geflüstert, oder noch besser gesagt, *gehaucht* hat er diese Worte, aber Hanna hat sie natürlich aufgefangen, schon allein deshalb, weil es so außergewöhnlich war, dass er nach dem *Danke* noch etwas angehängt hat: *„Hände und Haare wie die Katharina."*
Ja, das war es, was ihm da noch herausgerutscht ist. Hände und Haare wie die Katharina.
Dass der Öllinger mit der Katharina ihre Mutter gemeint haben muss, hat Hanna natürlich sofort begriffen und gedacht, sie müsse zu Hause gleich einmal die Hände der Mutter begutachten. Sie könnten ja eventuell den ihren ähnlich sein! Aber die Haare! Nein, da hat sich der Öllinger geirrt, die waren bei der Mutter kurz und gewellt, gewellt wegen der Dauerwelle, die ihr die Friseurin einmal im Monat verpasst. Und außerdem sind da schon graue Strähnen dabei, und die hat Hanna ebenfalls nicht.

Auch wenn Hanna den Öllinger nicht unbedingt an der Stimme sofort erkennen würde, so hat sie doch das Erscheinungsbild des Mannes genau vor Augen.
Denn soweit sie zurückdenken kann, hat dieser Nachbar so gut wie noch nie eine der *Familienmessen* am Sonntagvormittag ausgelassen, in die auch Hanna mit ihren Brüdern regelmäßig geschickt wird.

Mit dem *Schott* in der Hand, dem Messbuch mit allen Litaneien, Psalmen, Gebeten und Liedern, die der praktizierende Katholik benötigt, werden die Geschwister losgeschickt, so dass auch jeder sehen kann, wohin sie gehen.
*Ihr werdet euch doch nicht für euren Glauben schämen,* sagt der Vater, wenn sich die Kinder wieder einmal sträuben wollen, mit dem schwarzen Buch in der Hand in die Kirche zu gehen.

Die Großmutter mag den Öllinger überhaupt nicht und macht auch kein Hehl daraus.
Warum sie ihn so gar nicht leiden kann, weiß Hanna nicht, aber die Großmutter hat sicher ihre Gründe. Und wenn Hanna ganz ehrlich ist, mag sie den Mann trotz seiner Großzügigkeit ja auch nicht. Vielleicht weil er ihr immer zwischen die Augenbrauen sieht statt in die Augen, vielleicht weil er nicht mit ihr sprechen will, vielleicht, ja, vielleicht einfach deshalb, weil sie weiß, dass ihn die Großmutter nicht mag.
„Rennt jeden Sonntag in die Kirche, und dabei ...", hat Hanna die Großmutter schon des Öfteren sagen hören, wenn das Gespräch auf den Öllinger gekommen ist.

Das Wort *dabei* hat die Großmutter auffällig in die Länge gezogen.
„Dass er sich nicht geniert!", hat die Großmutter auch noch hinzugefügt und ihren blinden Blick so durchdringend auf die Tochter gerichtet, als könne sie durch deren Augen bis auf den Seelengrund sehen.
Warum er sich denn schämen solle, hat Hanna dann wissen wollen, wenn sie zufällig einmal Zeugin dieser Gesprächsfetzen geworden ist, aber die Mutter ist dann

ein jedes Mal so bestimmt auf ein anderes Thema übergewechselt, dass Hanna gleich gefühlt hat, dass der Öllinger auch einer von denen ist, die in die Rubrik *Damals* oder *Großmutters Blindheit* fallen.

Alles um den Öllinger herum ist also nichts für Kinder, schon gar nichts für sie, Hanna, seine Vergangenheit ist genauso wenig für sie bestimmt wie Tantes Lieblingsgetränk, der Eierlikör – wegen des Likörs, oder der Wilhelm – wegen seiner unsittlichen Lesezirkelillustrierten und all der anderen Dinge.

## DIE ABSCHLUSSFEIER

Der Juni in diesem dritten Kriegsjahr war so trocken und heiß, dass die Kastanienbäume, die den Weg von der Stadtpfarrkirche zur Gewerbeschule säumten, schon braun gescheckte Blätter trugen. Der Sommerwind färbte die Luft gelborange und bedeckte alles mit einer dünnen Sandschicht.

Ein Wüstensturm, dachte Katharina, als sie spürte, wie der heftige Wind ihre Zöpfe durch die Luft wirbelte. Ja, das musste echter Saharasand sein, den sie mit ihren Fingerkuppen da vom Fensterbrett abgestreift hatte.

Dort, in der Wüste, weit weg von hier, wo es außer Sand nichts gab, dort müsste sie zumindest keine Bombenangriffe fürchten, dort würde niemand einen Arier-Nachweis von ihr fordern.

Vielleicht wird auch hier alles zu Wüste, die Stadt zu einer Siedlung von Sandburgen, vielleicht werden die Menschen zu Sandfiguren. Ein kurzer Gedanke nur, eine Fantasie, schon war Katharina wieder in der Realität.

Das Schulgebäude, bei dem sie schnell angelangt war, war keine Sandburg, die jungen Frauen, mit denen sie fünf Jahre lang einen Klassenraum geteilt und erst vor wenigen Stunden die letzten Lehramtsprüfungen für „Haushaltskunde“, „Schnittzeichnen“ und „Modeschneiderei“ bestanden hatte, waren keine Sandfiguren; und die Klassenlehrerin, Frau Leeb, war ein Mensch aus Fleisch und Blut. Viel mehr noch, ein Mensch mit einem offenbar furchtlosen Herzen, das Katharina, und mit ihr die Mutter und die Schwester, bislang zu schützen vermocht hatte.

Bislang. Denn mit dem heutigen Tag, das war Katharina klar, war dieser Schutzmantel von ihr genommen. Mit dem heutigen Tag war Katharina frei, vogelfrei, abschussfrei, der Willkür des Schicksals ausgeliefert. Wie sollte sie denn begründen, dass sie sich als einzige der Absolventinnen nicht für eine Anstellung als Lehrerin bewerben wollte? Wie sollte sie überhaupt Geld verdienen? Niemand würde ihren Entschluss verstehen, war sie doch eine der begabtesten Schülerinnen ihres Jahrgangs gewesen!

Ein übermütiges Stimmengewirr umfing Katharina, als sie in die Menge eintauchte. Die Tische und Sessel waren zur Feier des Tages aus dem Klassenzimmer ins Freie auf den kleinen Vorhof der Schule transportiert worden. Gläser und Krüge mit Fruchtsäften standen überall verteilt herum. Rote, orange, gelbe Säfte. In der Abendsonne leuchteten die gefüllten Gläser wie kleine Lampions.
Frau Leeb hatte Kuchen mitgebracht, safrangelb, nach Zitronenschale duftend. Es sollte ein feierlicher, unvergesslicher Abschluss der Schulkarriere für die Mädchen sein. Zumindest dieser eine Abend sollte hell und bunt, jung und voller Leben sein, abseits der Wirklich-

keit, die sie ohnedies jeden Augenblick überrollen konnte, mit aller Macht und Dunkelheit, mit aller Endgültigkeit.
Katharina spürte den Blick der Klassenlehrerin, wie so oft in den vergangenen Jahren hüllte er sie mit Zuversicht ein, auch nun wieder, obwohl ihr die Vernunft etwas ganz anderes eingab: nämlich, dass ihr diese Frau von nun an nicht mehr helfen *konnte*.
Und ein weiterer Gedanke durchzuckte Katharina, und sie empfand dabei ein Schuldgefühl, das ihr für einen Augenblick den Atem stocken ließ: Das Schicksal der Klassenlehrerin war mit Katharinas Leben unverbrüchlich verbunden. Denn würde Katharina auffliegen, dann wäre Frau Leeb genauso dran, hatte sie doch Hochverrat begangen. Hatte sie doch in den Klassenbüchern und Katalogen *arisch* angekreuzt, wider besseres Wissen, ohne den geforderten Nachweis zu verlangen. Das war Hochverrat. Darauf stand die Todesstrafe.
Katharina erwiderte den Blick der Lehrerin, der sie aufzufordern schien, zu ihr zu kommen, an den Tisch etwas abseits der anderen Mädchen. Wider alle Vernunft spürte Katharina sofort wieder einen Funken Hoffnung aufkeimen, der einen Wink des Schicksals für möglich hielt, irgendein Zeichen, das ihr den Weg, *irgendeinen* Weg in die Zukunft weisen konnte.
„Katharina“, sagte Frau Leeb schließlich, als sie sicher war, dass sie niemand hören konnte.
„Katharina, sei kommenden Montag früh pünktlich um 8 Uhr vor der Creditbank. Ein Herr Öllinger wird dich erwarten. Er ist der Geschäftsführer dort, ein hochrangiger Nazi, den bestimmt niemand kontrolliert. Er kennt dich vom Sehen schon seit mehreren Monaten.“

Katharina fühlte, wie ihr der Boden unter den Füßen davonschwamm. Gleich darauf war ihr, als ob sie eine harte Welle erfassen und hochheben würde und sie plötzlich am Gipfel dieser Welle, die im Fluss innehielt, stehen ließ. Ganz allein. Es gab kein Zurück. Ein Vorwärts? Ja, vielleicht. Aber nicht *sie* würde dieses Vorwärts bestimmen können, die *Welle* würde es sein, die sie weitertragen, weiterschleudern würde, je nachdem. Sie würde der Welle ausgeliefert sein. Doch hatte sie eine Wahl?

„Du wirst dort die Geldabrechnungen machen. Was du genau zu tun hast, wird dir sicher noch mitgeteilt. Ich hab ihm jedenfalls gesagt, du wärst die Beste in Mathematik gewesen, ein Ass im Kopfrechnen, absolut zuverlässig, ja, du weißt schon."
Der Blick der Lehrerin blieb fest in Katharinas Augen verankert.
„Du hast keine andere Wahl, Mädel", fasste Frau Leeb nun Katharinas Gedanken in Worte.
„Er wird gut zu dir sein. Du gefällst ihm. Sehr sogar. Aber sei vorsichtig: Er ist verheiratet."
Frau Leeb hatte nun den Blick gesenkt, als sie abschließend, bevor sie sich wieder den anderen Mädchen zuwandte, sagte: „Der Krieg wird nicht mehr lange dauern. Dann bist auch du frei, Katharina."
Frei. Kein Krieg. Kein Verstecken. Keine Abhängigkeiten. Keine Verfolgung. Keine Todesangst.
Was für eine Vorstellung! Was für eine Zukunft! Doch wo und wann sollte diese Zukunft zu finden sein? In der Creditbank sicher nicht, das stand für Katharina fest. Am Montag würde ein neuer Spießrutenlauf beginnen.

## DIE CREDITBANK

„Guten Morgen, Fräulein Eberth!"

Die unbekannte Stimme, so unvermittelt und unerhört nah an ihrem Ohr, ja, fast schon in ihrem Ohr drinnen, ließ Katharina zusammenfahren.

Sie hatte den Mann nicht kommen sehen, stand sie doch mit dem Rücken zur Eingangstür der Creditbank, die bei ihrer Ankunft noch fest verschlossen war. Daraus hatte die junge Frau fälschlicherweise geschlossen, dass noch keiner der Angestellten anwesend wäre.

Sie hielt den Blick auf den Stadtplatz gerichtet, um in alle Richtungen Ausschau halten zu können. Sie wollte sich von dem Mann, der ihr neuer Vorgesetzter beziehungsweise ihr neuer „Befehlshaber" sein sollte, zumindest ein kurzes Bild machen können, bevor es zur ersten persönlichen Kontaktaufnahme kam. Diesen kleinen Vorsprung wenigstens hatte sie sich sichern wollen.

Und nun war diese Stimme schon in ihr Ohr vorgedrungen, eine Stimme, deren Besitzer sie noch nie gesehen hatte, der *sie* jedoch, wie ihr die ehemalige Klassenlehrerin mitgeteilt hatte, schon recht eingehend studiert hatte. Die Tatsache, dass sie von seiner Observation rein gar nichts mitbekommen hatte, verunsicherte Katharina nur noch mehr.

Bevor sie sich ihm zuwenden konnte, hatte der Geruch seines Atems und seiner Haut auch schon von ihr Besitz ergriffen: ein Geruch, der sie einerseits an das billige Rasierwasser des Stiefvaters erinnerte, andererseits eine völlig fremde Duftkomponente aufwies. Schon allein die Verbindung zum Stiefvater, die ihr Geruchsgedächtnis so unvermutet herstellte, ließ sie erschaudern. Ja, der Stiefvater. Retter und Tyrann in einer Person. Immerhin hatte er Katharina, der Schwester und der Mutter durch Heirat und Adoption seinen Namen vermacht: Eberth. Ein arischer Klang, der sie zumindest vorerst einmal vor dem Schlimmsten bewahrt hatte. Vor dem Allerschlimmsten.
Denn das Zweitschlimmste, so hatte es Katharina vom ersten Tag seines Erscheinens an empfunden, war er, der Stiefvater, selbst gewesen.

Und nun dieser Mann, das personifizierte Gebot, wenn auch in galanter Verkleidung, die er jedoch ganz nach seinem Belieben an- und ausziehen würde. Und sein Belieben würde von Katharinas Verhalten, ihrem Gehorsam und ihrer Fügsamkeit abhängen.
Sie war es, die spuren musste, um nicht aus der Spur geworfen zu werden. Die Mutter und die Schwester würden Trittbrettfahrerinnen sein. Ja, auch diese beiden musste sie in die nächste Zukunft mitnehmen.
Wieder fühlte sie sich vom Geruch des Geschäftsführers eng umschlossen. Dieses schwere Luftgemisch würde sie vielleicht nie wieder loslassen, so klebrig schien es ihr schon jetzt. Es würde sie verfolgen, in sie eindringen, sich auf sie legen, sie besitzen wollen. So lange, *bis* ...
Ob es zu diesem *Bis* in ihrem Leben überhaupt jemals kommen würde?

Katharina konnte sich darauf keine Antwort geben. Auch wenn Frau Leeb gemeint hatte, der Krieg wäre bald zu Ende und die Freiheit in Sicht. Katharina sah im Moment nur diesen Mann vor sich, und der bedeutete für sie alles andere als Freiheit.

So klar und deutlich spürte Katharina diese neue Abhängigkeit, wie sie die Morgensonne über das Dach des Nachbarhauses herüberklettern und die blendenden Strahlen auf dem glatten, ebenmäßigen Gesicht ihres Gegenübers und dessen Armbinde mit dem Hakenkreuz sah.

„Ich hab Sie doch hoffentlich nicht erschreckt! Es freut mich außerordentlich, dass ich Sie heute bei uns einstellen darf. Frau Leeb hat ja in den schillerndsten Farben von Ihnen gesprochen. Und, nun ja, was ich da vor mir sehe, übertrifft alle Erwartungen."

Der Mann lächelte Katharina gönnerhaft an und berührte dabei wie selbstverständlich ihren Oberarm.

„Kommen Sie", fuhr er freundlich fort und schob sie sachte durch die geöffneteTür in den Kassenraum der Bank. Hinter drei Kassen saßen junge Frauen, die bereits mit den Vorbereitungen zum Arbeitstag beschäftigt schienen, eine vierte Kassa war unbesetzt.

Außer ihrem Begleiter, von dem Katharina lediglich wusste, dass er Öllinger hieß, Geschäftführer der Bankfiliale und ein hochrangiger Nazi war, waren keine Männer im Raum.

„Nehmen wir doch zuerst ihre Personalien auf!"

Herr Öllinger war nun so laut geworden, dass seine Worte auf jeden Fall auch die drei Mitarbeiterinnen hören mussten.

„Nur reine Formsache, Sie wissen schon!", fuhr er in derselben Lautstärke fort.

„In Zeiten wie diesen kann man nicht vorsichtig genug sein!"
„Natürlich", sagte Katharina und wunderte sich selbst über die Festigkeit ihrer Stimme.
„Also", nahm der Geschäftsführer das Gespräch nun deutlich leiser wieder auf, als sie sich in dem durch eine Glaswand abgetrennten Bereich des Kassenraumes gegenübersaßen. Er verankerte dabei seinen Blick tief in Katharinas Augen und das Lächeln, das die schmalen Lippen umspielte, ließ das Gesicht des Mannes bestimmt und siegessicher wirken.
„Name?"
„Katharina Eberth."
Wieder musste Katharina an ihren Stiefvater denken, daran, dass er erst vor wenigen Monaten bei einem Bombenangriff ums Leben gekommen war und dass sie, die Schwester und die Mutter seinen Tod beweint hatten, aber nicht etwa aus Trauer, sondern aus blanker Erleichterung. Ein tyrannischer Machthaber war tot. Sein Name jedoch blieb ihnen erhalten. *Eberth* gegen *Goldstein*. Immerhin: ein *kleiner* Sieg.

„Eberth mit *th*?", warf die Frage des Geschäftsführers Katharina in die Gegenwart zurück.
„Ja, mit *th*", antwortete sie, ohne dem Blick des Mannes ihr gegenüber auszuweichen. Dabei gab es für sie keinen Zweifel, dass er genau wusste, wie ihr Name zu schreiben war.
„Adresse?" fragte er weiter.
„Pfarrgasse 11."
„Danke, Fräulein Eberth! Das war's dann auch schon fürs Erste. Frau Strobl wird Sie nun in Ihre neue Tätigkeit einführen."

Der Geschäftsführer nickte unmerklich einer der Frauen an den Kassen zu und erhob sich dabei, um Katharina das Ende dieses Gespräches anzudeuten. Katharina spürte den Blick der drei Frauen durch die Glaswand hindurch und sie wusste augenblicklich, dass sie wohl auch vor diesen neuen Mitarbeiterinnen auf der Hut sein musste.

## OFFENE KARTEN

„Und, zufrieden mit dem ersten Arbeitstag?"
Wie erst am Morgen erfasste Katharina nun wieder diese mächtige Welle, die schweren Geruch und Unausweichlichkeit in sich vereinte. Dennoch, der Körper der jungen Frau hielt Balance, als sie sich von ihrem Sessel an der Kassa erhob, um sich dem Chef zuzuwenden.
„Ja, ich danke Ihnen!"
Katharina gelang es, ihre Stimme leicht und unbefangen klingen zu lassen, und sie wusste auch, dass sie jetzt wie in Zukunft auf keinen Fall den Blickkontakt mit diesem Mann scheuen durfte, ihr Blick durfte nicht klein beigeben, sich nicht von ihm in die Flucht schlagen lassen, wollte sie nicht von vornherein ihre von den Umständen bestimmte Position noch mehr schwächen. Irgendwie, irgendwie zumindest musste sie ihm mit Stärke begegnen. Auch wenn sie keine Ahnung hatte, woher sie diese Stärke nehmen sollte.
„Ich freue mich wirklich, hier bei Ihnen arbeiten zu dürfen", redete sie weiter. „Es ist eine Tätigkeit, die mich besonders interessiert. Sie wissen schon, ich rechne gerne und ich arbeite sehr genau."
Katharina hoffte inständig, er würde das Gespräch nicht auf ihre *nicht* angestrebte Lehrtätigkeit bringen. Und noch mehr hoffte sie, er würde sich für den heutigen

Tag verabschieden und sie nach Hause gehen lassen.
„Unterrichten können Sie ja immer noch. Irgendwann werden auch Sie dazu die Gelegenheit haben."
Also doch. Er sprach alles an. Sofort. Ohne Schonzeit. Ohne Grauzonen. Ein Spiel mit offenen Karten vom ersten Tag an.
„In der Zwischenzeit", fuhr er fort, „nun, in der Zwischenzeit werden Sie mit mir vorlieb nehmen müssen. Ich muss Ihnen ja nicht sagen, in welche Gefahr auch ich mich Ihretwegen begebe. Aber, wie gesagt, ich mache das schon. Man tut, was man kann. Und für Sie mach ich das gerne. Glauben Sie mir. Sie können mir vertrauen."
Er legte nun seine Hände auf Katharinas Arme und sein Blick tastete ihren Körper ab.
„Ich bin nicht so einer, wie Sie glauben!"
Bei diesen Worten ließ er seinen Blick kurz von Katharinas Brüsten auf die Armbinde mit dem Hakenkreuz gleiten. „Sonst hätte ich Sie hier sicher nicht eingestellt."
Er richtete sich nun auf, kerzengerade, wie eben nur moralisch einwandfreie Menschen dastehen.
„Ich habe Rückgrat", unterstrich er nun auch noch verbal seine Körperhaltung. „Und ich habe nichts gegen *euch*, nur damit das klar ist, *damit* habe ich bestimmt nichts zu tun. In dieser Angelegenheit hat auch keiner gewusst, wohin das führt."
Er räusperte sich kurz und mit dem Themenwechsel kehrte auch schon wieder ein leichtes Lächeln auf sein Gesicht zurück.
„Wir werden eine Lösung finden, die auch für mich in gewisser Weise, nun ja, befriedigend ist. Eine Lösung, die einen kleinen Lohn für mich bereithält, eine kleine

Entschädigung, sozusagen, für mein – nun, ich nenne es einmal Entgegenkommen. Da bist du doch meiner Meinung, Katharina, oder irre ich da?“

Er war nun übergangslos auf die Du-Form umgeschwenkt und Katharina verspürte nur den heftigen Impuls, sich Luft zu schaffen, abzurücken, aber es gab keinen Raum zwischen dem Schreibtisch mit der Geldkassa und der drahtigen Gestalt des Mannes.

„Wir werden wohl in der regulären Arbeitszeit nicht immer unser gesamtes Pensum bewältigen können, weißt du“, redete er unbeirrt weiter und sie spürte den strengen, säuerlichen Geruch über ihr Gesicht wehen, nahm die Erregtheit von Stimme und Körper wahr, die wohl die absolute Gewissheit seiner Allmacht über sie auslöste.

„Ihr könnt ein kleines Taschengeld sicher recht gut gebrauchen, du und deine Familie, hab ich Recht?“

Wieder beendete er den Satz mit einer Suggestivfrage, die Katharina keine Wahl ließ. Ihr war auch der Klangwechsel seiner Stimme aufgefallen: Alle tieferen Vibrationen waren herausgefiltert, geblieben war ein gleichförmiger, nuancenloser Kastratenton: messerscharf.

„Ja, selbstverständlich stehe ich Ihnen jederzeit für Überstunden zur Verfügung.“

So klar Katharinas Antwort klang, so klar war beiden, um welche Art von Überstunden es sich in Zukunft handeln würde.

*mein unschulds*
*engel gefangen im doppel*
*gesicht der moral*
*(tief unter dem traum)*

## HERZ-JESU-FREITAG

Hanna mag es, wenn sie zu dem dünnen Singsang der *Fräun Doringer* die Spitze ihres roten Farbstiftes immer wieder mit etwas Spucke befeuchtet und dann das mit Bleistift schon vorgezeichnete, überdimensional große Herz in ihrem Religionsheft mit dem satten Rot sorgfältig ausmalt.
Ein blutendes, liebendes, brennendes Herz soll es wieder werden, das Herz Jesu, so wie die anderen Herzen auf den letzten acht Seiten des Religionsheftes auch. Denn ein liebendes Herz muss bluten und brennen können, hat die Religionslehrerin schon oft gesagt, und zwar deshalb, weil Jesus für uns gestorben ist, sein Herz uns geopfert hat. Und die Farbe des Blutes und die der Liebe ist ROT, das hat sie auch noch gesagt.

Die feingliedrige Frau ist Hanna schon immer etwas jenseitig vorgekommen: Nicht nur ihre Gestalt, sondern auch die gläserne Stimme, die durchsichtig hellen Augen und die silbrig glänzenden Engelshaare, die schon beim leichtesten Luftzug himmelwärts flattern, vermitteln diesen schwerelosen, fliegenden Eindruck. Die Religionslehrerin wird von allen *Fräun Doringer* genannt, sowohl von den Menschen, die Hanna von

den sonntäglichen Messbesuchen her kennt, als auch von den Kindern in der Schule, die sie nicht mit *Frau Lehrer* ansprechen, wie etwa die Handarbeitslehrerin, und auch nicht mit *Frau Oberlehrer*, wie sie die Grossmann anreden müssen.
Das *Fräun* vor *Doringer* steht eigentlich für *Fräulein*, wie Hanna von der Großmutter erfahren hat.
So ist also die Religionslehrerin keine Frau, sondern ein Fräulein, und das noch in verdünnter Form, als *Fräun*.
Unter Fräulein hat sich Hanna allerdings immer eine sehr junge Frau vorgestellt, ein weibliches Wesen zwischen Mädchen und erwachsener Frau, und die Doringer ist sicher schon mindestens so alt wie Hannas Mutter, und zu der sagt niemand *Fräulein* oder gar *Fräun*. Aber die Mutter ist schließlich auch keine Religionslehrerin. Wahrscheinlich ist der Beruf der Doringer mit ein Grund für ihr Fräuleinsein.

Es ist dies das letzte Herz auf der letzen Seite des Heftes, denn es ist auch der letzte Herz-Jesu-Freitag des Schuljahres.
Für Hanna ist es sonnenklar, dass diese speziellen Freitage – immer die ersten eines jeden Monats – eine Erfindung der *Fräun Doringer* sind. Sie hat bestimmt diese Freitage extra ins Leben gerufen, um den Kindern mit allem damit verbundenen Drum und Dran den Weg direkt in das Herz des Glaubens zu weisen.
Denn es ist ja mit dem Ausmalen der Herzen während der Religionsstunden nicht getan! Nein, am Nachmittag wird das Himmelstor für die Kinder dann tatsächlich einen imaginären Spalt weit geöffnet. Denn jenen Kindern, die dann am Nachmittag erst die Beichte ablegen

und in der anschließenden Kindermesse auch noch die heilige Kommunion in Empfang nehmen, ist ein Einser in Religion gewiss. Da kann man sich auf die Doringer felsenfest verlassen. Und ein Einser in Religion muss wohl auch ins Schloss der Tür zum Himmelreich passen.

Hanna spürt die Sonnenstrahlen, die nur auf die Bänke in der Fensterreihe fallen.
So hoch steht schon die Vormittagssonne an jenem Junitag, dass sich für Hanna, wenn sie zum Fenster hinausschaut, draußen eine fast schattenlose Welt auftut.
Wie immer, wenn sie mit der säuselnden Stimme der Doringer im Ohr so gar nichts tun muss, außer ein papierenes Herz rot einzufärben, gleiten ihre Gedanken auch diesmal wieder ab, fliegen erst dahin und dorthin, verhaken sich aber schon sehr bald in der Erinnerung an ein Gespräch, das das Mädchen vor gar nicht so langer Zeit mit der Großmutter geführt hat und das seither immer wieder ihre Gedanken in Aufruhr versetzt. Nein, mehr als das: Mit diesem Gespräch ist Hannas Welt von einem Augenblick auf den anderen eine dunklere geworden.
In das Blau des Himmels hat sich ein schwarzer Ton und in den Gesang der Vögel ein trüber Klang gelegt. Die Ausführungen der Großmutter haben sich für das Mädchen in sich verschlossene Teile eines ungeheuerlichen Bildes verwandelt. Sosehr Hanna sich auch bemüht, dieses Bild in ihrem Kopf als Ganzes entstehen zu lassen, um es erkennen und verstehen zu können und ihm somit vielleicht seinen Schrecken zu nehmen, es zerfällt doch immer wieder in undurchdringliche

Bruchstücke. Diese schwarzen Splitter haben für Hanna dieselbe schwere Schwärze wie das Wort *damals.*

Und diesmal sind es die Worte der Religionslehrerin, die Hannas Gedanken zielgenau in diese Richtung geführt haben: *„‚Kreuzige Ihn!', schrien die Leute"*, hat die Doringer gerade den malenden Kindern aus dem Religionsbuch vorgelesen und dann noch hinzugefügt: „Es waren die Juden, die Seinen Tod am Kreuz gefordert haben."

Ja, und über die Juden hat auch die Großmutter mit Hanna unlängst gesprochen. Und sie hat ihr gesagt, dass sie und Hannas Mutter eben dieser *Rasse* angehören, Hanna selbst aber nur noch *Halbjüdin* sei, wegen ihres Vaters nur *halb*, weil der Vater nämlich *Arier* sei. Und dass sie verfolgt und getötet worden wären, die Juden, während der Nazizeit, also während des Krieges. Viele Millionen wären das gewesen.
Dass sie, Juliane, Katharina und Lisbeth Glück gehabt hätten, wenn man das so nennen wolle, hat die Großmutter auch noch hinzugefügt, und all das hat sie mit einem so leeren, so toten Blick gesagt, dass Hanna das erste Mal in ihrem Leben die Blindheit der alten Frau in deren Augen sehen konnte. Und da hat Hanna schreckliche Angst bekommen, es könnten, würde die Großmutter noch weiter über die Juden sprechen, nicht nur die Augen ganz sterben, sondern die ganze Großmutter könnte sich in den Tod reden.
Deshalb hat Hanna auch nicht weitergefragt, sondern geschwiegen, obwohl sie von der Last der Fragen, die sich in ihr unversehens aufgebaut hat, fast erdrückt worden wäre.

Mit dem Begriff *Rasse* im Zusammenhang mit ihrer Familie hat Hanna schon gar nichts anfangen können. Eine andere *Rasse* – das sind für Hanna die Chinesen, die sehen ganz anders aus als die Menschen hier. Oder die Neger. Oder die Indianer. Aber ihre Mutter? Ihre Großmutter? Die sehen doch genauso aus wie alle anderen. Und ein *Arier*, was soll das denn sein? Gehört denn auch der Vater einer fremden *Rasse* an oder sind die *Arier* all jene Menschen, die keine Juden sind? Und Hanna selbst?

Sie ist ins Schlafzimmer der Eltern gerannt, um sich im großen Wandspiegel neben dem Ehebett genau zu betrachten.
Halbjüdin, hat die Großmutter gesagt. War sie denn in zwei Hälften geteilt? Und was war dann der zweite Teil, der *nicht jüdische*? Der *arische* vielleicht? Wie sollte der denn aussehen?
Hanna war zumindest etwas beruhigt, dass ihr Spiegelbild keine zwei Hälften zu erkennen gegeben hat. Auch wenn sie ganz genau hinsah, sie hat nur *eine einzige Hanna* gesehen. Ungeteilt. Wenigstens das.
Doch dann hat sie ohne Vorwarnung ein tonnenschweres Fragewort überfallen: WARUM? Warum wurden die Juden getötet?
Hannas Kopf hat ein brennender Schmerz durchzuckt, in den Ohren hat es zu rauschen begonnen, unaufhörlich anschwellend, den Rhythmus des Rauschens hat ein rasender Herzschlag bestimmt.
Es war die Stimme der Mutter, die Erleichterung gebracht hat. Nein, es konnte doch alles nicht so schlimm sein, wenn Mutters Stimme Hanna suchte, um sie aufzufordern, die Hausaufgaben zu machen.

Wenn die Mutter so etwas Normales von ihr verlangte, dann konnte es nichts wirklich Bedrohliches im Leben geben. Dann durften sich Herz und Kopf auch wieder beruhigen. Dann *konnte* einfach alles nicht so schlimm sein.
Zumindest *nicht mehr.* Zumindest *nicht im Augenblick.*

Und nun spricht die Doringer über die Juden. Sie haben Jesus umgebracht, das hat sie eindeutig gesagt. Wie unlängst nach dem Gespräch mit der Großmutter beginnt Hannas Kopf fast unerträglich zu schmerzen. Das Wort WARUM ist übermächtig, es lässt sich nicht ruhig stellen und Hanna spürt, wie sich ihre Augen mit Tränen füllen, es ist sinnlos, dagegen anzukämpfen, die Tränen fließen auf das fast fertig ausgemalte Herz, sie ersetzen den Speichel auf der Farbstiftspitze.
Und Hannas zitternde Finger ersetzen den Farbstift, sie wischen das feuchte Rot über den kleinen noch weiß gebliebenen Fleck in der Herzmitte. Und sie wischen das Rot über die Konturen des Bleistiftrandes hinaus, hinaus, hinaus, so lange, bis keine Herzform mehr erkennbar ist, so lange, bis die gesamte Heftseite eine einzige rote Fläche bildet.

*Gegenblick / Ein vergilbtes Foto*

*nicht distanziert / narkotisiert / der Sturz in die Kindheit*
*ist / falscher Friede / bedeckt keine Blöße*
*rot vor den Augen / der Vorhang porös*

*macht das Bild zur Geschichte / den Grund zur Folge*
*ist Kindertraurigkeit /*
*nicht Glück*

## WALDMANN

Der 24. Juni war weder Hannas Geburtstag noch ihr Namenstag, und Weihnachten schon gar nicht, denn Weihnachten war überhaupt so weit entfernt, wie es nur, nämlich in beide Richtungen, vorwärts wie rückwärts, entfernt sein konnte. Noch am Tag zuvor war Weihnachten rückwärts betrachtet näher gewesen und schon am kommenden Tag würden Weihnachtslieder und Christbaum vorwärts gerechnet wieder näher liegen als rückwärts gerechnet. All diese Gedanken vermischten sich in Hannas Kopf, als ihr die Mutter den Brief in die Hand drückte.

Hanna ließ die Schultasche auf den Boden fallen. So überrascht war sie darüber, dass ihr da so ganz ohne erkennbaren Anlass ein an sie persönlich adressierter Brief zugeflogen kam.

Da war etwas Außergewöhnliches geschehen, Hanna spürte das sofort ganz deutlich. Denn wenn es keinen unmittelbar erkennbaren Anlass für das Eintreffen eines Briefes gab, dann musste es einen noch viel gewichtigeren Grund geben als Geburtstag, Namenstag und alle Festtage zusammen.

Hannas Aufregung verstärkte sich noch, als sie den Namen des Absenders las: Der Brief kam nämlich von den Habachers aus Windischgarsten, aus jenem Ort, an den sie sich das ganze Jahr über immer wieder einmal hinsehnte und wo sie mit ihrer Familie in knapp drei Wochen wieder sein würde, um dort wie jeden Sommer den Urlaub in dem für Juli und August zum Ferienhaus umfunktionierten Bauernhof der Habachers zu verbringen.
Hanna befühlte den Brief. Etwas steif widersetzte er sich dem sanften Druck der Kinderfinger. Das konnte kein gewöhnliches Briefpapier sein, das dieses schneeweiße Kuvert umhüllte.
„Nun mach ihn schon auf, Hanna“, drängte die Mutter und reichte dem Mädchen ein Messer für einen sauberen Schnitt.
Auf Hannas aufgeregte Neugierde fiel unvermittelt ein leichter Schatten: Das Briefkuvert könnte ja eine unangenehme Überraschung beinhalten! Vielleicht die Nachricht, dass die Familie aus irgendwelchen Gründen den diesjährigen Urlaub nicht bei den Habachers verbringen konnte! Aber in so einem Fall wäre der Brief doch sicher an die Eltern adressiert, und nicht an sie!
Hanna hielt den Brief gegen das Licht: Ja, nun konnte sie etwas erkennen: ein Bild. Ganz eindeutig nahm sie die Umrisse eines Mädchens mit einem Hund aus. Das musste sie selbst sein! Ja, und der Hund war natürlich Waldmann!
Die Habachers hatten ihr also ein Foto von ihr und Waldmann geschickt. Als Vorgeschmack für den kommenden Aufenthalt! Sie wussten sicher, wie sehr sich Hanna auf Waldmann freute, den Hund, der niemals von ihrer Seite wich und den der Vater immer *das Kalb*

nannte, weil Waldmann seiner Meinung nach mehr mit einem Kalb gemeinsam hatte als mit einem Hund. Das machte Hanna nichts aus, denn sie mochte Kälber genauso gerne wie Hunde.
Jetzt konnte sich Hanna auch wieder ganz genau an den heißen Sommertag des vergangenen Jahres erinnern, an dem der Habacher ein paar Fotos von ihr und Waldmann geschossen und dabei schmunzelnd gemeint hatte: „Ich glaub, mit der Hanna redet der Waldmann sogar“, und wie sich Hanna gedacht hatte, was denn so komisch daran wäre.
Aber vielleicht verstand der Habacher einfach Waldmanns Sprache nicht und glaubte daher, er würde nicht reden.
Hanna jedenfalls hatte nie daran gezweifelt, die Hundelaute richtig zu deuten, und genauso wenig hatte Hanna je in Betracht gezogen, dass Waldmann ihre Sprache nicht verstehen könnte, genauso wenig wie sie in Frage stellte, dass die Großmutter sehen konnte, obwohl sie blind war. Es gab eben verschiedene Arten von Verstehen und verschiedene Arten von Sehen.
„Willst du nicht endlich den Brief öffnen?“
Die Stimme der Mutter klang nun deutlich ungeduldiger.
Die Messerspitze drang in die obere Ecke ein und schnitt von dort aus eine gerade Linie in die Längskante des Kuverts. Hannas Finger zogen das Foto heraus und mit ihm ein zusammengefaltetes, voll beschriebenes Blatt Papier.
Hannas Blick suchte vorerst auf dem Foto Halt, denn irgendetwas in ihr sträubte sich, die mitgeschickten Zeilen zu lesen, die ja wohl den Grund des Briefes erklären würden.

Nein, erst einmal war dieses Foto von Bedeutung: Die Mädchenhand ruhte dort auf Waldmanns weich gelocktem Kopffell, Hund und Mädchen saßen mitten in der Juliwiese, Haut an Fell, die Gräser um die beiden herum bildeten ein grünes Nest.
Hanna hatte augenblicklich den warmen Geruch des Hundefells in der Nase und der vermischte sich mit dem würzigen Sommerduft der ungemähten Wiese.
Bald schon würde sie mit Waldmann wieder genau dort sein, er würde sie wie jedes Jahr zielsicher an ein und dieselben Plätze führen, sie würde diesmal den Duft des Fotos und den Duft der Sommer vergangener Jahre mit einatmen, erfüllt von dieser ganz eigenen Mischung von Freiheit und Geborgenheit, einem Gefühl, das sie immer einhüllte, wenn sie mit Waldmann die Welt erkundete. Hannas Herz machte einen hohen Sprung.
„Nun lies doch endlich! Das Foto kannst du dann noch lang genug anschauen!"
Hanna schien, dass in Mutters Stimme nun nicht nur Ungeduld, sondern auch etwas Unruhe mitschwang, was Hannas vorher schon ansatzweise empfundenes Gefühl des Unbehagens wieder anwachsen ließ.

Sie hatte keine Wahl, die Mutter nahm ihr das Foto aus der Hand, vor ihr ausgebreitet lagen nun die für sie bestimmten Zeilen:

*Liebe Hanna!*
*Du wirst dich sicher wundern, von uns einen Brief zu erhalten. Leider gibt es einen traurigen Grund für unser Schreiben an dich.*
*Wir wissen, wie sehr dir unser Waldmann ans Herz*

*gewachsen ist, ihr beide kennt euch ja schon, seit du auf der Welt bist. Zu niemandem sonst hat er ein solches Zutrauen gehabt wie zu dir, Hanna, er hat dich bestimmt genauso gern gehabt wie du ihn.*
*Nun, Waldmann war doch schon ein sehr alter Hund, er war so müde in letzter Zeit, wollte nicht mehr fressen, schon gar nicht mehr spielen oder herumlaufen, sondern nur mehr schlafen.*
*Und letzte Woche ist unser Waldmann dann für immer eingeschlafen.*
*Das wollten wir dir mitteilen, liebe Hanna, damit du, wenn ihr dann zu uns kommt, nicht vergeblich darauf wartest, dass er dir entgegenläuft und für den Rest eures Aufenthaltes bei dir bleibt, so, wie das in all den vergangenen Jahren der Fall war.*
*Zur Erinnerung an deinen Freund legen wir dir ein Foto von euch beiden bei.*
*Wir haben ihn übrigens genau an der Stelle begraben, wo ihr zwei auf dem Foto zu sehen seid, und über ihm blühen die schönsten Glockenblumen und Margariten.*
*Sei nicht allzu traurig, Hanna, wir werden uns auch bald wieder einen neuen Hund kaufen.*
*Einen ganz kleinen.*
*Wir freuen uns schon darauf, wenn du mit deiner Familie wieder bei uns bist.*

*P.S.: Im Stall gibt es übrigens drei Kälberbabys! Die warten schon auf dich!*

*Liebe Grüße,*
*auch an deine Eltern und die Großmutter!*
*Erna und Franz Habacher*
Um Hanna herum wurde es für einen Augenblick lang

dunkel, die Umrisse der Mutter mit dem Geschirrtuch in den Händen verschwammen vor ihren Augen, wie in schwarz werdendem Dämmerlicht wurden die Konturen immer unschärfer, und Hannas Blick fiel schließlich einwärts: Zurück wollte er, und nicht nach vorne, nicht auf diesen Brief, in dem auf ganz normalem Papier ganz normale Sätze mit ganz normaler Tinte geschrieben ganz einfach dastanden, dunkelblau auf weiß, Sätze aus ganz normalen Wörtern bestehend, die einfach mitteilten, dass es Waldmann nicht mehr gab, nie mehr geben würde, gerade so, als ob das das Normalste auf der Welt wäre.

*Für immer eingeschlafen*, haben sie ihr geschrieben! Was für eine Lüge! Wer schläft, wacht auch wieder auf, sonst schläft er nicht, sonst ist er tot. Gestorben ist er, nicht eingeschlafen!

Und nun musste Hanna plötzlich an die Fräun Doringer denken, die Religionslehrerin, die einmal gesagt hatte, dass Tiere keine Seele hätten und daher nicht in den Himmel kommen könnten, und Hanna fühlte gleichzeitig, wie eine Welle von Wut sie erfasste, ja, eine wütende Traurigkeit war das, die nun ganz von ihr Besitz ergriff.

Von der Auferstehung der Toten hatte die Doringer damals in der Religionsstunde geredet, während die Kinder ihre Hefte mit den Farbstiften verzieren durften.

Dass sie nicht traurig sein müssten, wenn etwa die Großeltern einmal sterben sollten, hatte die Religionslehrerin gesagt, denn sie würden sich ja alle in der Ewigkeit wieder treffen. Sogar als Menschen aus Fleisch und Blut würden sie sich wieder begegnen, nicht nur als Seelenwesen. Durch die Auferstehung der Toten würde das eben so geschehen, und sie würden

sich alle erkennen, weil sie alle auch wieder dasselbe Aussehen wie zu Lebzeiten hätten.
Und da hatte ein Mädchen aus der Klasse die Doringer gefragt, ob auch die Tiere wieder auferstehen würden, wenn sie schon nicht in den Himmel dürften.
Nein, hatte die Doringer ganz klar geantwortet, natürlich nicht. Denn Tiere hätten ja keine Seele. Und das ewige Leben gäbe es nur für Beseelte, also für Menschen. Und Jesus sei schließlich für uns Menschen am Kreuz gestorben, und nicht für die Tiere.
Dann würde es ja in der Ewigkeit gar keine Tiere mehr geben, hatte das Mädchen weiter gemeint, und die Doringer hatte nach einer kurzen Nachdenkpause den Kopf geschüttelt und erklärt, dass es dafür viele Engel geben würde.
Hanna hörte nun die Stimme der Mutter wie von weit her:
„Er war schon so alt, Hanna. Früher oder später wäre er sowieso gestorben und dann hätte er vielleicht auch noch leiden müssen!"
*So alt! So alt* war schließlich auch die Großmutter! Würde sie nun auch bald *für immer einschlafen*?
Sie wolle dieses Jahr nicht nach Windischgarsten, sagte Hanna, sie wolle alleine zu Hause bleiben, sie sei nun groß genug, um eine Zeit lang für sich selbst zu sorgen.
„Das warten wir erst einmal ab", sagte die Mutter, „in drei Wochen sieht die Welt schon wieder ganz anders aus! Und außerdem, Hanna, denk doch an die kleinen Kälber!"
Das mit den Kälbern hörte Hanna schon gar nicht mehr, denn sie war ins Wohnzimmer gerannt, um dort aus der Holztruhe, in der ihre *Sachen* aufbewahrt

waren, ein kleines Buch hervorzukramen: ihr *Blumenalbum*, ein Buch, in das sie gepresste Wiesenblumen sorgfältig eingeklebt hatte. Es waren das Margariten, Glockenblumen, Hahnenfüße, Mohnblumen und Klee, Blumen, die Hanna im vergangenen Jahr auf den Wiesen rund um das Haus der Habachers gepflückt und zwischen Löschblättern mit dicken Büchern beschwert gepresst hatte, bevor sie sie, ausgetrocknet und flach wie Papier, fein säuberlich in ihr Album geklebt hatte.
Das Buch öffnete sich wie von selbst genau in der Mitte: Links blühte eine Mohnblume, die durch die Konservierung kaum etwas von ihrer Röte verloren hatte, auf der rechten Buchseite eine Glockenblume, blassblau.
Das Foto, das ihr die Habachers geschickt hatten, legte sie zwischen diese beiden Blumen und schloss das Buch.

*mitten in der*
*tiefenschärfe*
*ahnt die farbe bild*

## DER SCHMETTERLINGSFÄNGER

Natürlich fuhr Hanna am Ende doch mit nach Windischgarsten.
Sie fuhr mit, obwohl ihr der Urlaubsort in der Vorstellung ohne Waldmann noch immer grau und trostlos erschien; obwohl die Welt nicht – wie Mutter es irrtümlich vorausgesagt hatte – „nach drei Wochen" wieder ganz anders aussah; obwohl nicht einmal die bevorstehende Fahrt mit dem *Eilzug* diesmal einen Anreiz auf sie ausübte; obwohl sie nicht einmal die Kälberbabys lockten.
Und sie fuhr mit, obwohl sie einen völlig neuen Reiz ganz tief in ihrem Innersten verspürte, nämlich die Sehnsucht, nun einmal für einen längeren Zeitraum die sonst immer übervolle Wohnung ganz allein für sich zu haben und einmal über ihre Zeit selbst und nach Belieben verfügen zu können. Sie könnte Willi treffen, jeden Tag. Ja, schließlich würde er im Herbst die Stadt verlassen, um ins Internat zu übersiedeln.
All diese Möglichkeiten erschienen Hanna in ihrer Vorstellung bedeutend verheißungsvoller als der Aufenthalt in Windischgarsten.
Dennoch entschloss sie sich zur Erleichterung aller und sogar ohne vorher nötig gewordene Überredungskünste seitens der Familienmitglieder zur Mitfahrt.

„Ich fahr schon mit“, sagte Hanna einfach so beim Abendessen am Tag vor der Abreise.
Niemand hatte das Thema an den Tagen zuvor angeschnitten, dennoch spürte Hanna fast körperlich, wie alle nur darauf warteten, von ihr zu hören, dass sie ohnedies mitkommen würde.

Der ausschlaggebende Grund für Hannas bereitwilligen Entschluss war die Großmutter. Die Großmutter hatte sie nicht etwa gebeten mitzukommen, nein, das hätte sie niemals getan, aber Hanna war mit einem Mal glasklar geworden, wie traurig und farblos die Urlaubstage der blinden Frau verrinnen würden, wenn sie, Hanna, zu Hause bliebe. Hanna wusste ganz genau – und es war dieses unausweichliche Wissen aus dem Herzen heraus, das jeden Zweifel auslöschte –, wie sehr sie mit ihren farbigen Wörtern der Großmutter fehlen würde. Denn nur sie besaß diesen unsichtbaren Draht zu dem Land hinter Großmutters Augen. Wie hatte sie, wenn auch nur für kurze Zeit, auf die Großmutter vergessen können!
Nun waren sie also in Windischgarsten angekommen, wie jedes Jahr, alle sechs Familienmitglieder: die Großmutter, die Eltern, Hanna und ihre Brüder,
Wie jedes Jahr wurden ihnen von den Habachers die gewohnten Zimmer zugewiesen: im Erdgeschoss das Zimmer für die Buben und ein weiteres für Hanna und die Großmutter; das Zimmer mit Balkon für die Eltern befand sich im ersten Stock.
Hanna hatte sich vorgenommen, das Wort *Waldmann* nie mehr wieder auszusprechen. Umso erleichterter war sie, als auch die Habachers den Hund bei der Begrüßung nicht ins Gespräch brachten.

Mit dem Foto in jenem Brief, den Hanna ja erst drei Wochen zuvor von den Habachers erhalten hatte, hatte sie Waldmann aus ihrer Wörterwelt entlassen und endgültig in die Stille zwischen Margarite und Glockenblume gelegt.

Nun gab es neben dem Fehlen von Waldmann jedoch noch eine zweite Sache, die dieses Jahr anders war als in den vergangenen Sommern: Hannas großer Bruder hatte vom Vater etwas geschenkt bekommen, das er nicht mehr aus der Hand geben beziehungsweise von der rechten Schulter herunternehmen wollte. So wichtig schien ihm dieser Gegenstand für die kommenden Urlaubstage zu sein.
Hanna erinnerte das Geschenk des Vaters einerseits – wenn sie es sich stark verkleinert vorstellte – an das Teenetz daheim, andererseits – wenn sie es sich um ein Vielfaches vergrößert vorstellte – an den Basketballkorb im Turnsaal. Nur war der unten offen, damit der Ball durchfallen konnte. Und das Netz, das am Ende des langen Stabes befestigt war, den der Bruder auf der rechten Schulter liegen hatte, so als gehörten Stab und Netz plötzlich zu seinem Körper, war unten geschlossen, wie das Teesieb zuhause.
„Was ist das eigentlich, was du da immer mit dir herumträgst?", fragte Hanna schließlich.
„Zum Schmetterlinge fangen. Nichts für dich", antwortete der Bruder einsilbig.
„Was machst du mit den Schmetterlingen, wenn du sie gefangen hast?", fragte Hanna weiter, denn ihr gefiel die Vorstellung von den bunten Flügeln im Netz gar nicht. Unvermittelt musste sie an jenen Ausflug mit dem Bruder denken, als sie unlängst, zum Fischen, mit dem

Fahrrad an den Fluss gefahren waren. Nicht nur, dass sie das Schmetterlingsnetz nun auch noch an die Angel erinnerte, sondern mehr noch der ausweichende und unwillige Ton in der Stimme des Bruders ließ jenen Nachmittag am Fluss wieder lebendig werden. Hanna hatte plötzlich den Zorn des Bruders im Ohr, der seine Stimme hochgeschraubt hatte, sicheldünn, als sie, Hanna, die geangelten Fische wieder in den Fluss zurückgeworfen hatte. So schnell, dass der Bruder es nicht hatte verhindern können.

„Was soll ich schon mit den Schmetterlingen machen?“, sagte er nun, deutlich widerwillig.

„Weiß ich doch nicht, deshalb frag ich dich ja“, fuhr Hanna fort, der mit einem Mal das Netz wirklich unheimlich wurde, weil der Bruder nicht mit der Antwort herausrücken wollte.

„Was machst du denn mit den Blumen, ich meine, mit den Blumen für dein *Album*?“

Hanna gab es einen Stich mitten ins Herz, denn mit dieser Gegenfrage des Bruders war für sie die Ahnung zur Gewissheit geworden.

„Aber ..., aber Blumen sind doch keine Schmetterlinge! Du wirst doch keine Schmetterlinge *töten*!“ Hanna konnte die Vorstellung von den Flügeln, zwischen Löschblättern totgepresst, kaum ertragen.

„Jetzt hör schon auf! Ich hab ja gewusst, dass das nichts für dich ist“, sagte er schnell und flüchtete in sein Zimmer, um nicht mit der kleinen Schwester über die Ferienbeschäftigung, die er sich auf keinen Fall vermiesen lassen wollte, weiter reden zu müssen. Schließlich hatte ihm ja der Vater das Netz gekauft.

Doch so leicht kam der große Bruder diesmal nicht davon, Hanna folgte ihm ins Zimmer, in dem der *kleine* Bruder in eines seiner Bücher versunken auf dem Bett lag, vom Geschehen um ihn herum scheinbar unberührt – wie so oft. Hanna war daran gewöhnt, dass der *kleine* Bruder, der wohl ein paar Jahre älter war als Hanna, aber eben auch zwei Jahre jünger als der *große*, immer wieder einmal *verschwand*, obwohl er nicht wegging, nein, er nahm einfach überhaupt keine Notiz von den anderen und auch die anderen nahmen dann absolut keine Notiz von ihm. Manches Mal, so kam es Hanna wirklich vor, konnte der kleine Bruder unsichtbar werden.

„Du hast doch dein eigenes Zimmer, Hanna! Was willst du hier noch?"

Die Stimme des großen Bruders klang nun scharf wie die Geigentöne, die regelmäßig die Luft durchschnitten, wenn ihm die Schepiz Violinunterricht erteilte.

„Du tust ihnen weh, wenn du sie einfängst. Die Flügel sind so dünn, wenn die gegen das Netz schlagen ...!"

„Jetzt hör schon auf! Das geht dich gar nichts an! Kümmere du dich um die Großmutter!"

Der Bruder war nun wirklich aufgebracht.

„Im Übrigen", fuhr er fort, „ich *presse* die Schmetterlinge doch nicht, da würde ich ihnen ja die Farbe herausdrücken. Ich spanne sie auf! Da schauen sie keine Spur anders aus als vorher!"

„Was machst du? Du spannst sie auf?"

Hanna sah den Bruder mit ungläubigen Augen an. Er wollte sie also lebendig tot, in ihrer bunten Lebendigkeit wollte er die Schmetterlinge konservieren, jederzeit und unbewegt sollten sie zur Bewunderung bereitstehen, allein zum Zeitvertreib und zur Freude des Bruders sollten sie sterben. In diesem Moment hasste Hanna den Bruder.

Um keinen Zweifel mehr offen zu lassen, zog der nun ein hölzernes Kästchen unter dem Bett hervor. Ein schmales Wandkästchen, wie Hanna es im Museum schon einmal gesehen hatte, mit einer Glastür.

Erst im Vorjahr hatten sie den Schulausflug ins *Naturwissenschaftliche Stadtmuseum* gemacht, und dort g a b es solche Schaukästen, durch deren Glastüren man tote Insekten studieren konnte. Aufgespannte Schmetterlinge hatte sie nicht gesehen, aber die verschiedenen Fliegen und Käfer hatten Hanna schon gereicht. Sie hatte an den Kästen vorbeigeschaut, als ihnen die Oberlehrerin einen Vortrag über das Vorkommen und die Lebensgewohnheiten der *Nützlinge* und *Schädlinge* gehalten hatte. So auffällig vorbeigeschaut hatte Hanna, dass die Lehrerin sie zur Rede gestellt und aufgefordert hatte, die Käfer gefälligst anzusehen, wenn sie, die Oberlehrerin, sich schon die Mühe machte, mit den Mädchen ins Museum zu gehen.

„Jetzt reg dich nicht auf! Die spüren nichts dabei! Die Flügel sind wie Papier, genauso dünn und ohne Nerven. Ohne Gefühl wie deine Haare. Oder deine Fingernägel. Oder spürst du etwa was dabei, wenn du dir die Haare abschneidest?“
Hanna kam vor, als ob der Bruder nun verzweifelt nach Rechtfertigungen für sein Ferienhobby suchte. Automatisch griff Hanna sich an die Zöpfe und drückte sie, so fest sie konnte, zusammen. Nein, die Haare selbst spürten wirklich nichts, aber die Finger schmerzten. Und außerdem: Der Vergleich des Bruders stimmte einfach nicht. Man müsste sie so an den Zöpfen auf-

hängen, dass sie sich nicht mehr bewegen könnte, dass sie nicht mehr loskommen könnte, bis zum Sterben. So war das mit den Schmetterlingen.
„Aber sie können nicht mehr wegfliegen, wenn du die Flügel annagelst!“, schrie Hanna nun den Bruder an, so laut, dass der kleine Bruder erstmals von seiner Lektüre aufsah und dass die Großmutter vom Mittagsschlaf aufwachte.
„Jetzt hast du mit deiner Hysterie die Großmutter geweckt!“, schrie der Bruder Hanna nach, die schon unterwegs war ins Nebenzimmer, das sie für die Dauer des Urlaubs mit der Großmutter teilte.
„Was war das denn? Seid ihr nun übergeschnappt?“, fragte die Großmutter.
„Er will Schmetterlinge fangen und sie dann aufspannen. Die Flügel will er aufspannen und festnageln!“
„An den Flügeln festnageln“, wiederholte die Großmutter leise Hannas Worte und Hanna war, als würde die alte Frau zu sich selbst sprechen, als wäre die Großmutter plötzlich weit fort von Windischgarsten und auch weit fort von ihr, von Hanna.
„Die Flügel sind so dünn wie Papier“, sagte Hanna, und „Ja, so dünn wie Haut“, sagte die Großmutter, und „Kind, du hast keine Vorstellung davon, was sie alles mit Haut gemacht haben, mit Menschenhaut“, sagte die Großmutter weiter und sah Hanna dann in die Augen, ganz genau in die Augen, so als ob sie sehend wäre. Sie war nun wieder ganz bei Hanna.
„Er wird die Schmetterlinge fangen, da kannst du nichts daran ändern“, sagte sie dann mit fester Stimme.

Ob sie eine Schere hätte, fragte Hanna die Großmutter. Ja, dort in der ersten Lade müsse eine Schere sein, ant-

wortete die Großmutter, ohne nachzufragen, wozu Hanna die Schere denn brauche.
Daraufhin hörten beide ein eigenartiges Geräusch. Leise und weich.
„Deine Zöpfe, Hanna. Du schneidest dir gerade deine Zöpfe ab", sagte die blinde Frau.
„Ja", sagte Hanna und legte der Großmutter zwei dicke Zöpfe in die Hände.

*nach einem tag voller sonne*
*wird sich das schicksal verwandeln*
*in einen fluss*

## DAS ZAUBERTAL

Es gab jedoch auch das Paradies, damals, den himmlischen Garten.
Eine Viertelstunde Ritt auf dem Fahrrad und Hanna stand direkt davor. Ein Drahtzaun, dann ein unwegsamer Streifen von sperrigen Wurzeln und dichtem Geäst.
Unwissende konnten unmöglich etwas von dieser jenseitigen Welt erahnen. Es konnte keinen besseren Platz auf Erden geben, um unentdeckt zu bleiben.
Nur Hanna war der Zutritt in dieses Zauberreich gewährt, davon war sie überzeugt. Auf einer ihrer zahllosen Erkundungsfahrten rund um die Stadt hat sie diesen Fleck Erde entdeckt und sie wusste auf Anhieb, dass das *ihr* Land war, ihr Rückzugsgebiet, noch viel besser als der Badewannenrand daheim.
Niemand konnte sie hier stören, denn außer ihr gab es an diesem Ort nur noch eine Menge Getier – Kaulquappen, Frösche, Kröten, Vögel, Käfer, Eidechsen und bunte Schmetterlinge –, aber keine einzige Menschenseele.
Weiche Musik hüllte sie ein, sobald sie über den Drahtzaun geklettert war. Das Rauschen des Windes wiegte die Vogelstimmen und das Summen der Insekten, die

dünnen Rinnsale, die den Boden des Auwaldes mit Netzmustern durchzogen, spielten Melodien auf Xylophon.
Ein dichtes Dach von Laub filterte das Sonnenlicht, einzelne Strahlen malten safrangelbe Fäden in Hannas Haar. Die Gestalt des Mädchens war nicht mehr die eines Kindes, aber auch noch nicht die einer erwachsenen Frau. Die Brüste hatten gerade erst die sanften Rundungen der Mooshügel rund um sie und ihr Mund war eine Knospe, die nur auf die Mittagssonne wartete, um aufzuspringen. In den Augen flackerte Erwartung.

Der weiche Moosteppich unter den Füßen machte die Schritte fast unhörbar, wenn das Mädchen über die schmalen Bäche sprang, die unvermittelt aus dem Boden sprudelten, um bald darauf wieder in der Unterwelt zu verschwinden.
Der Duft von Kresse und Maiglöckchen, von feuchten Wurzeln und Moos ergab ein süßlich herbes, berauschendes Luftgemisch.
Hannas Herzschlag vermischte sich mit den Vogelstimmen und das Mädchen hatte das Gefühl, gleichzeitig im Moos zu versinken und in den Himmel zu fliegen.

In der kleinen Lichtung, die ein jedes Mal ihr Ziel war, war der Boden schon aufgewärmt. Hanna streifte das Gewand ab, schließlich befand sie sich im Paradies.
Es gab nichts außer nackter Haut auf nacktem Moos und einem Atem, der nach Liebe flatterte.

Seit damals schmeckt für Hanna die Liebe nach Moos, Brunnenkresse und Maiglöckchen.

## EPILOG: TINTENBLUT

*Was ist so schwarz wie Tinte? Das Wort, das ich trinke. Die Karte, die ich zinke. Der Vogel, der auf Schnee fällt. Um mich herum die Welt. Die Welt.*
*Was ist so weiß wie Schnee? Bald schon die Asche. Die Asche. Wir waschen sie weiß.*
Kinderstimmen singen, unablässig singen sie diesen Vers, immer wieder von vorne, sie müssen nicht einmal Atem holen zwischen den Wörtern, zwischen den Zeilen, zwischen Strophe und Strophe und Strophe. Es sind körperlose Kinder, Traumkinder nur aus Stimme, nicht aus Fleisch und nicht aus Blut. Unter meine Schlafhaut sind sie geschlüpft, Tausende von ihnen, durchdringen nun jede Zeitmauer, jede Raumgrenze, sie singen mich weg von hier, weg von jetzt, weg von mir, Hanna fliegt. Vorher und nachher, Nähe und Ferne, Leben und Tod, alles ist eines, Rückwärts ist Zukunft und Vorwärts Vergangenheit, alles ist Tinte, ist Schnee, ist Asche, ist Stimme.
Die Stimme wendet den Ort. Die Stimme wendet die Zeit.
Herzflattern Flügelschlag Nachtfalterflug. Sie flattern hinaus, aus den vergitterten, glaslosen Fenstern flattern sie hinaus in die Nacht, alle, alle schwarzen Falter sind schon fort.

Nichts ist alles, alles ist eines, eines ist nichts, in diesem verwaisten Zimmer, es ist das Zimmer der Großmutter, es ist das Zimmer der Kinderstimmen, es ist mein Zimmer, es ist Hannas Zimmer, alles ist eines, ist Tinte, ist Schnee ist Asche ist Haut ist Papier ist so viel Papier. Ist ein Meer aus blendend weißem Papier. Hier bin ich gelandet. Im weißen Meer. Hier bin ich. Ich. Bei mir und weg von mir. Alles ist eines.

Schlafaugen sehen klar, nun schau doch hin, Hanna, sieh sie dir an, die Fragen, die brennen wie Haut wie Papier! Münder sind Augen, Augen sind Ohren, Stimmen sind Hände, sind Alte sind Kinder. Alles ist Buchstabe, Rauchzeichen, Wort. Der Rauch ist der Stempel. Und wieder singen die Stimmen. *Wir waschen sie weiß.*
Die Augen sie hören. Die Haut sieht schwarz. Sieht schwarzes Blut auf weißer Unschuld. Sieht schwarze Zeichen auf Papier. Sieht Münder vergittert auf Schnee, der nicht schmilzt, selbst wenn er Feuer fängt wie Haut wie Papier.

Mund ist Auge ist Buchstabe ist Wort. Tinte führt Spur. Nackt von der Wurzel bis zur Blüte, die Schrift, wie die Blume einst! Und wieder singen die Stimmen. *Bald schon die Asche. Die Asche.*

Die hungrigen Vögel, sie fliegen, sie fallen, papierflügelleicht. Alles ist eines, Vogel ist Flügel ist Schnee ist Papier ist Schnabel ist Feder ist Spitze sie ritzt meine Haut. Tinte ist Blut ist schwarz ist rot ist rot. Ist rot im Flutlichtschein. Es kläffen die Hunde.
Vorwärts Vergangenheit singen die Stimmen sie haben die Hunde geweckt.

*Das Wort, das ich trinke.* Alles ist eines, das Wort das ich trinke ich singe ich schreibe das Alphabet auf Haut auf Papier auf Schnee ist Bitternis Süße ist Klage Musik. Es singen die Stimmen.

**Elisabeth Escher**, geboren 1956 in Wels/OÖ, lebt als AHS-Professorin, freie Mitarbeiterin bei den Salzburger Nachrichten und Schriftstellerin mit ihrer Familie in Salzburg.

Preisträgerin des „Christine-Busta-Lyrikpreises 2006", 2007 Aufnahme in den P.E.N. International.

Zahlreiche Publikationen:
Kinderliteratur, Italienischlehrbücher,
Romane: „Bienengift", „Ein Herz für Hercules",
Lyrik: „ So viel Liebe auf Papier", „worte wege gehen".

Das Erscheinen des Lyrikbandes „liebeslänglich", eine in Teilen lyrische Ergänzung und Vertiefung zu „Hannas schlafende Hunde", ist für das Jahr 2011 vorgesehen, ebenfalls in der Edition Tandem.

## INHALT

Der Film
**Hannas schlafende Hunde**

Buch und Regie: Andreas Gruber
Darsteller: Hannelore Elsner, Franziska Weisz, Nike Seitz, Margarethe Tiesel, Johannes Silberschneider, Rainer Egger

Produktion: Enigma Film in Koproduktion mit Provinzfilm, BR und ORF

Elisabeth Escher
**Hannas schlafende Hunde**
Roman

Lektorat: Friederike Goldschmid
Gestaltung: Volker Toth
Titelbild: Privatbesitz
Druck: Theiss, St. Stefan

ISBN 978-3-902606-43-3

3. Auflage


www.edition-tandem.at